S0-AFB-814

EAN

ISBN 978-0-545-57197-5

9 780545 571975

50699

S

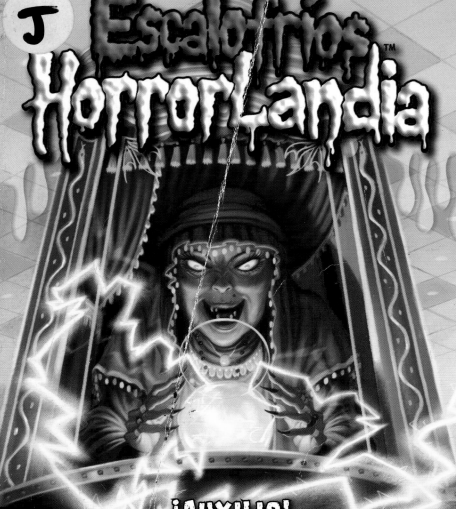

Escalofríos™
HorrorLandia

¡AUXILIO!
¡TENEMOS PODERES EXTRAÑOS!

R.L. STINE

SCHOLASTIC
en español

BIENVENIDOS A
LA TIERRA DEL ADIÓS
PUEDE SER TU ÚLTIMA PARADA...
¡EN LA TIERRA!
DILE ADIÓS A TU FAMILIA Y TUS AMIGOS
ACOMÓDATE EN EL
TREN DESTRIPADOR
ADVERTENCIA:
ESTE TREN VIAJA EN UNA SOLA DIRECCIÓN: ¡HACIA ABAJO!
RELÁJATE EN EL
SPA DEL SUEÑO PROFUNDO
NUESTRO LODO TE CAMBIARÁ LA VIDA.
NOSOTROS PONEMOS EL LODO Y TÚ, LAS LÁGRIMAS.
HorrorLandia

BIENVENIDOS A
LA TIERRA DEL ADIÓS
PUEDE SER TU ULTIMA PARADA
¡EN LA TIERRA!
DILE ADIÓS A TU FAMILIA Y TUS AMIGOS
ESCÁPATE DE HORRORLANDIA
ACOMODATE EN EL
TREN DESTRIPADOR
ADVERTENCIA:
ESTE TREN VIAJA EN UNA SOLA DIRECCIÓN: ¡HACIA ABAJO!
RELAJATE EN EL
SPA DEL SUEÑO PROFUNDO
NUESTRO LODO TE CAMBIARA LA VIDA.
NOSOTROS PONEMOS EL LODO Y TU, LAS LAGRIMAS.
HorrorLandia

¡UNA NUEVA SERIE DE CUENTOS TENEBROSOS!

¡AUXILIO!
¡TENEMOS PODERES
EXTRAÑOS!

R.L. STINE

SCHOLASTIC INC.

Originally published in English as Goosebumps HorrorLand #10: *Help! We Have Strange Powers!*

Translated by J.P. Lombana

ISBN 978-0-545-57197-5

Goosebumps book series created by Parachute Press, Inc.

Goosebumps HorrorLand #10: *Help! We Have Strange Powers!* copyright © 2009 by Scholastic Inc.

Translation copyright © 2013 by Scholastic Inc.

12 11 10 9 8 7 6 5 4 3 2 1   13 14 15 16 17 18/0

Printed in the U.S.A.   40

First Scholastic Spanish printing, September 2013

¡3 ATRACCIONES EN 1!

¡AUXILIO! ¡TENEMOS PODERES EXTRAÑOS!

A veces ser mellizos es fenomenal y otras veces es fatal.

Detesto los chistes que hacen a costa nuestra. La gente nos dice: "Ustedes son como dos gotas de agua. ¿Cómo saber cuál es cuál?".

Se supone que eso sea chistoso porque yo soy hembra y mi hermano es varón. Ja, ja.

Nuestros padres no nos lo hicieron fácil. Nos pusieron Jillian y Jackson. Nombres que además de comenzar con la misma letra suenan un poco tontos, ¿no es cierto? He estado pensando que cuando sea grande me cambiaré el nombre y me llamaré *Ariadna*.

¿Te parece muy snob?

Bueno, por ahora me llamo Jillian y eso ya no tiene remedio. Pero no dejo que nadie me diga Jilly ni Jill. Y nunca me visto del mismo color que Jackson.

Creo que soy más quisquillosa que mi hermano con el asunto de ser mellizos. Él es el tranquilo de la familia Gerard. Todo le parece bien.

Mamá dice que yo *pienso* mucho. Parece un cumplido... pero no lo es. Ella dice que si yo fuera una superheroína, me llamarían la Mujer Preocupada.

A Jackson y a mí nos encantan los superhéroes. Estamos ahorrando para ir el próximo verano a la gran convención de cómics de San Diego.

Pero esa es otra historia.

Jackson y yo tenemos doce años. Somos altos y delgados. Tenemos el pelo marrón y los ojos oscuros. Yo estoy en el equipo de natación de la escuela, tomo lecciones de equitación los sábados y me gusta jugar tenis.

A Jackson también le gustan "los deportes". Sobre todo jugar *Madden Football* en su Play-Station 3.

Papá dice que Jackson debe levantarse del sofá y hacer más ejercicio. Jackson le dice que hará más ejercicio si él le compra un Wii.

Esa discusión nunca termina.

En todo caso, algo bueno de ser melliza es que siempre tengo con quién ir al cine. Una noche de lluvia, papá nos dejó en el cine del centro comercial después de la cena. Corrimos a la taquilla para asegurarnos de que los boletos de *Rompe Traseros II* no se hubieran agotado.

Rompe Traseros es nuestro superhéroe favorito. Comenzó como miembro del Club de Mutantes Poderosos, ¡pero lo sacaron porque era *demasiado rudo*!

¿Puede haber algo más genial?

Entramos al cine y compramos dos bolsas grandes de palomitas de maíz con mantequilla. Luego avanzamos por el pasillo de la sala donde pondrían la película, que estaba casi llena. A mi hermano y a mí nos gusta sentarnos al pie de la pantalla. No nos gusta que haya gente entre nosotros y la película.

Nos sentamos al final de la tercera hilera y miramos la pantalla. Estaban anunciando unos tenis geniales y había jugadores de baloncesto saltando por todos lados.

—Estos puestos son perfectos —dijo Jackson mientras comía palomitas—. No me importa terminar con dolor de cuello, ¿y a ti?

—Claro que no —dije, y en ese momento lo golpeé con el codo sin querer, haciendo que algunas palomitas le cayeran encima.

—¡Oye, cuidado! —dijo Jackson, volteándose bruscamente—. Este suéter es nuevo. Lo vas a manchar de mantequilla.

—Jackson, el suéter es *negro* —dije—. Déjate de payasadas.

Jackson no respondió. Estaba mirando por encima de mí, hacia el pasillo, con cara de horror.

—Ay, nooooo —gimió—. No lo puedo creer. Imposible.

Fue entonces cuando comenzaron nuestros problemas... el día en que Jackson y yo obtuvimos nuestros extraños poderes.

2

Me volteé y vi a Nina y Artie Lerner entrando en nuestra hilera.

Entonces fui yo la que gimió. Jackson y yo no *soportamos* a esos dos.

Quería hacer como que no los habíamos visto. Pero Nina alzó la mano para saludarnos y Artie ya llevaba puesta su sonrisa de tonto.

Se sentaron justo a nuestro lado.

—Qué gracioso encontrarnos aquí —dijo Artie, y se rió. Esa era su idea de algo gracioso.

—Estos puestos están muy cerca —dijo Nina—. Me van a doler los ojos.

—¿Y de qué trata esta película? —dijo Artie arqueando sus gruesas cejas negras—. ¿Es como Batman o qué?

—Rompe Traseros se come a Batman de desayuno —le dije.

Pero antes de seguir, tengo que explicar quiénes son Nina y Artie. Ellos también son mellizos, y en septiembre se mudaron a nuestro vecindario

6

y comenzaron a asistir a nuestra escuela. Vamos a varias clases juntos.

Y como son mellizos y nosotros somos mellizos, nos pidieron a Jackson y a mí que los ayudáramos. Ya sabes, teníamos que mostrarles cómo funcionaba todo.

Así que nos convertimos en sus primeros amigos de la escuela, a pesar de que nosotros no queríamos serlo. Descubrimos rápidamente que ambos son sumamente desagradables. No nos cayeron nada bien. Pero, desafortunadamente, la gente nos asocia para todo.

¿Has notado que siempre hay alguien en el salón a quien constantemente se le salen los mocos? Pues ese es Artie Lerner. Artie y Nina dicen que tienen sinusitis.

Pero Artie es el peor de los dos. Siempre se está sonando con pañuelos sucios. Y cuando almuerza en el comedor, ¡los mocos caen encima de la comida! ¡De veras!

¿No te parece asqueroso?

Artie se ríe de cosas que no son graciosas. Y piensa que está a la moda porque se pone pantalones anchos que le cuelgan por debajo del trasero y camisetas largas estampadas con grupos de *heavy metal*. Pero en la escuela nadie está interesado en eso. ¡Parece un niñito jugando a disfrazarse!

Los dos tienen el pelo rizado y marrón, y muy grasiento. Y caminan encorvados y con los hombros caídos, como si estuvieran preocupados.

Tienen el mismo timbre de voz, agudo y quejumbroso. Nina nunca para de quejarse de sus migrañas, su sinusitis y no sé qué más.

Cuando te habla, se te acerca muchísimo y le gusta tocarte con la punta del dedo. Siempre tiene que tocarte, sujetarte o darte con el codo.

Supongo que ya te haces una idea. No son nada divertidos.

—Este cine es muy húmedo —dijo Nina retorciéndose—. Es muy malo para mi sinusitis. Ojalá no me dé un ataque.

Fingí estar muy interesada en los anuncios que pasaban en la pantalla.

Jackson tenía la cabeza metida en su bolsa de palomitas, como si las estuviera estudiando.

—Oye, loco —dijo Artie (el pobre, llama "loco" a todo el mundo, incluidas las chicas)—, qué suéter tan genial. Acabo de ver uno así en Old Navy.

Artie tocó la manga del suéter de Jackson para palpar la tela.

Jackson soltó un grito, y Artie golpeó la bolsa de palomitas, volteándola. Montones de palomitas llenas de mantequilla cayeron de la bolsa.

—¡Mi suéter! —gritó Jackson, sacudiéndose las palomitas, pero era demasiado tarde porque el suéter ya se le había manchado—. ¡No lo puedo creer!

Supongo que *me equivoqué* con eso de que las manchas no se veían en los suéteres negros.

—No es nada —dijo Artie mientras quitaba

unas palomitas de la manga de Jackson—. No se ve mal.

—¡Está arruinado! —dijo Jackson.

—Lo lavas y queda bien —dijo Artie, limpiándose la nariz con el dorso de la mano. Luego metió la misma mano en la bolsa de palomitas de Jackson y sacó un puñado.

Mi hermano podrá ser el calmado de la familia, pero tiene un límite.

¡Y ese era el límite!

Jackson soltó un rugido y agarró a Artie por el cuello.

La bolsa de palomitas cayó en el pasillo y una niñita que pasaba tropezó con ella, se cayó y empezó a llorar.

Jackson sacó a Artie de su puesto y los dos rodaron por el pasillo dándose golpes.

Nina saltó y empezó a chillar.

—¡No lo lastimes! ¡No lo lastimes! ¡Lo vas a *matar*!

En la pantalla, un ratoncito le decía al público que apagara los celulares y que "estuviera tan callado como un ratón" durante la película.

Un señor flaco vestido con un traje negro salió de la nada. Tenía una insignia colgada del cuello. Tomó a Jackson de una mano y a Artie de la otra.

—Soy el administrador —dijo—. Los cuatro, salgan de aquí. Rápido. Fuera. Todos... ¡Están arrestados!

3

El hombre nos llevó por el pasillo hasta la salida. La gente no nos quitaba los ojos de encima.

Podía oír el tema musical de Rompe Traseros. La película estaba empezando, pero no íbamos a verla.

El administrador nos empujó por el vestíbulo del cine y nos sacó por la puerta de entrada, hacia el centro comercial.

—No nos va a arrestar, ¿verdad? —dije con voz temblorosa.

—No —respondió el hombre—. Lo dije para que me obedecieran. Pero no pueden entrar. No permito peleas en el cine.

Nos echó una mirada despectiva, se volteó y se marchó.

Jackson se miró. El suéter estaba manchado y estirado y no había nada que se pudiera hacer para arreglarlo.

Así que no nos quedó más remedio que caminar por el centro comercial. Yo solo quería deshacerme de Artie y Nina. Pero, por supuesto, ellos nos siguieron.

—No importa —dijo Artie limpiándose nuevamente la nariz—. De todas formas odio las películas de superhéroes.

—Sí —dijo Nina—. Son muy ruidosas. Siempre me dan migraña.

"¡Me encantaría provocarle una migraña —me dije—. ¿Por qué se nos tienen que pegar estos tontos?"

—¿Quieren dar una vuelta? —dijo Artie—. Podemos ir a comer rosquillas.

—Puaj. Son muy dulces —se quejó Nina—. Me dan dolor de muela.

—Lo siento, tenemos que irnos —dije sin ofrecer una disculpa siquiera y tirando de la manga de Jackson.

Pasamos por un puesto de helado de yogur y por una tienda de ositos de peluche. Cuando perdimos de vista a los mellizos Lerner, solté a mi hermano y me recosté contra el escaparate de una tienda.

—Hace un mes que quería ver esa película y el tonto de Artie me la arruinó —dijo Jackson.

Saqué mi celular para ver la hora.

—¿Qué vamos a hacer? Tenemos dos horas antes de que mamá y papá vengan a recogernos.

—Esto es un centro comercial —dijo Jackson—. Algo encontraremos para entretenernos.

Volvimos a caminar. Mi hermano se detuvo

frente a una tienda de videojuegos y se quedó mirando un juego de guerra por un rato. Yo me dirigí a la tienda contigua a ver unas raquetas de tenis.

Caminamos por todo el primer piso. Luego nos sentamos y comimos rosquillas.

—Demasiado dulces —dijo Jackson con la barbilla llena de azúcar.

Yo me comí la rosquilla en tres bocados.

—Sí, demasiado dulce —dije, y los dos nos reímos.

—¿Sabes qué haría si fuera un superhéroe? —dijo Jackson mirando hacia una agencia de viajes que tenía un cartel de esquí en la nieve—. Secuestaría a Nina y Artie, me los llevaría volando hasta el Polo Norte y los dejaría encima de un témpano de hielo junto a un oso polar.

—Los estás tratando demasiado bien —dije negando con la cabeza—. Yo utilizaría poderes mentales para hacer que sus cerebros se redujeran de tamaño y no pararía hasta que ambos comenzaran a comportarse como si tuvieran un año de edad. ¿Te imaginas? ¡La Sra. Hawking tendría que cambiarles los pañales en el salón!

Los dos nos reímos como si fuéramos unos lunáticos.

Luego de unos minutos, salimos y fuimos al lugar donde siempre esperamos a mamá y papá.

El estacionamiento estaba mojado y lleno de charcos. Seguramente había llovido mientras estábamos dentro del centro comercial.

De pronto, Jackson me empujó y gritó:

—¡CUIDADO, JILLIAN!

Un chorro de agua helada se me vino encima y solté un grito.

Retrocedí, agarrando a mi hermano, y los dos tratamos de sacudirnos el agua. ¡Estábamos empapados!

Cuando me limpié los ojos, vi que una enorme camioneta azul acababa de pasarnos por enfrente. Era la misma camioneta que nos había mojado.

Luego, vi que Nina y Artie iban en el asiento trasero. Nos miraban y pedían disculpas a través de la ventanilla.

—Odio a esos chicos con todo mi corazón —susurré tiritando muerta de frío.

—Nadie los soporta —dijo Jackson mirando su suéter, que ahora sí no tenía remedio—. No puedo creer que nos hayan invitado a su fiesta de cumpleaños.

—Lo increíble es que mamá y papá nos obliguen a ir —dije mirando alrededor. Las tiendas estaban cerrando, y solo había algunos autos en el estacionamiento, cubiertos de gotas de lluvia que brillaban con la luz de los postes—. ¿Dónde están mamá y papá? Es tarde —añadí.

—Tal vez están viendo el juego de pelota y se olvidaron de nosotros —dijo Jackson.

Mis padres son fanáticos del béisbol. Su equipo favorito es los Medias Blancas.

Me limpié el agua de la cara y con el rabillo del ojo divisé algo en la entrada principal del centro comercial, una pequeña cabina bañada en una luz morada.

—Mira eso —dije.

—¡Qué bien! —dijo Jackson.

Caminamos hasta allí y leímos el letrero que colgaba de la cabina: "Madame Perdición".

Se trataba de una adivina. La cabina se parecía a la taquilla donde se venden los boletos del cine. Estaba rodeada de vidrio y al frente tenía una ventanilla. Pero no tenía techo. Alrededor de la misma había luces rojas y moradas que se prendían y apagaban constantemente.

Dentro de la cabina estaba la figura de una vieja adivina tallada en madera. Estaba sentada delante de una cortina roja y vestida de morado. Una larga bufanda también morada le cubría la peluca negra.

Sus mejillas eran muy rojas y sus ojos negros. La pintura estaba agrietada y una de las cejas se le había descascarado. Se inclinó hacia el vidrio. Parecía como si nos mirara directamente a los ojos.

—Genial —dije—. Vamos a averiguar nuestro destino. ¿Dónde se pone el dinero?

Buscamos hasta que encontramos la ranura en uno de los costados de la cabina. Jackson sacó una moneda de veinticinco centavos del bolsillo y la metió en la ranura.

Se oyó un crujido. La figura de madera empezó a moverse lentamente.

Madame Perdición pestañeó. Echó la cabeza hacia atrás y luego hacia delante. Una mano rosada cayó de golpe a un costado. Escuchamos un sonido metálico y una tarjeta blanca se deslizó en su mano. Luego, lentamente... muy lentamente... con un gran crujido... extendió la tarjeta hacia nosotros.

Metí la mano por la abertura de la ventanilla y estiré los dedos todo lo que pude, pero no alcanzaba la tarjeta.

—Tiene la mano atascada —dije.

—Déjame tratar —dijo Jackson apartándome.

Se inclinó y se estiró... y se estiró un poco más, hasta donde pudo. Yo me apoyé en sus hombros y le di un empujoncito.

Y... ¡ZZZZZZZAAAAAAP!

Los dos chillamos al mismo tiempo.

Sentí una descarga eléctrica y todo mi cuerpo se estremeció. Fue un corrientazo muy fuerte.

Un gran dolor me recorrió los brazos y las piernas.

Cerré los ojos y me mordí la lengua.

Jackson y yo caímos de rodillas. El corrientazo había pasado, pero todo mi cuerpo se estremecía de dolor.

Apreté los puños y respiré profundo una y otra vez. Abrí los ojos y vi la tarjeta blanca cayendo hacia el suelo.

Me paré temblando aún. El corazón me latía aceleradamente.

—¿Estás bien? —le pregunté a mi hermano.

Jackson asintió. Se paró y estiró los brazos.

—Vaya —dijo—. Qué corrientazo. Pero estoy bien.

La mano me tembló al tomar la tarjeta.

—Léela, Jillian —dijo Jackson—. ¿Qué dice?

Tuve que sostener la tarjeta con las dos manos para poder leerla. Tenía unas palabras escritas en letra pequeñita.

Primero la leí para mí misma y luego se la leí a Jackson.

—"Bienvenidos a HorrorLandia".

5

—¿Qué?

Le entregué la tarjeta a Jackson. Él la miró y luego me miró a mí.

—¿HorrorLandia? ¿Qué es eso? ¿Un parque de diversiones o algo así?

—No sé —dije—. Qué mala suerte.

Sonó una bocina. Me volteé y vi a mi papá.

Todavía estaba temblando cuando me subí en el asiento trasero del auto.

—¿Qué tal la película? —preguntó papá.

—Fabulosa —dijo Jackson—. ¡Ya tengo ganas de *volver* a verla!

A la mañana siguiente, le gané a Jackson bajando las escaleras para el desayuno. Todos los días echamos una carrera. El primero en llegar a la cocina obtiene diez puntos.

No sé por qué lo hacemos. Hasta ahora siempre he ganado. Creo que el puntaje está como diez mil a cero a mi favor.

Saludé a mamá y papá y me senté a la mesa.

—¡Sorpresa! —dijo mamá poniendo un plato de gofres frente a mí.

—*Sabía* que ibas a hacer gofres —dije, aunque por lo general desayunamos tostadas.

—¿Sentiste el olor? —preguntó mamá sirviéndose una taza de café.

—No —dije—. Pero lo sabía. Creo que tuve una premonición.

Jackson llegó a la mesa restregándose los ojos. Me bostezó en la cara, como si eso fuera muy gracioso.

—Diez puntos más para mí —le dije.

Mi hermano se dejó caer en su asiento al otro lado de la mesa. Yo miré los gofres calientes y los olí. Me encanta el olor de gofres por la mañana.

—Jackson, por favor, ¿me pasas el sirope? —dije.

Oí un corto zumbido y, cuando volteé a mirar, el frasco de sirope estaba enfrente de mí.

—¿Cómo hiciste para pasármelo tan rápidamente? —le pregunté—. ¿Lo *lanzaste*?

Jackson tenía la cara más extraña del mundo. Miraba el sirope como si nunca antes lo hubiera visto.

Mamá le sirvió gofres a Jackson. Él estiró la mano para tomar el tenedor, pero lo golpeó y lo tumbó. Hizo mucho ruido al caer al suelo.

—Qué torpe —murmuré. Pestañeé y, de repente, el tenedor estaba de vuelta en la mesa—.

¿Estoy viendo visiones? —añadí con la boca abierta.

—Qué extraño —dijo él mirando fijamente el tenedor, y se metió un gofre entero en la boca.

Papá leía el periódico con el ceño fruncido.

—¿De veras crees que pueden cerrar la fábrica de autos? —le pregunté.

Dejó de leer y me miró.

—Jillian, ¿cómo supiste que estaba leyendo sobre la fábrica de autos?

—No... no sé —murmuré, y me dirigí a mamá—: Si no puedes recogerme hoy en la escuela, no te preocupes. Puedo tomar el autobús.

—¿Cómo sabías que estaba pensando en eso? —dijo mamá poniendo la taza de café en la mesa y mirando a papá—. ¿Nos estás leyendo la mente? —preguntó.

—Tal vez —dije riéndome.

Entonces, miré al otro lado de la mesa y me quedé sin aliento. ¡Uno de los gofres de Jackson estaba flotando en el aire!

—¿Cómo hiciste eso? —le pregunté más tarde a mi hermano mientras esperábamos a papá en el asiento trasero del auto—. ¿Cómo hiciste para que el gofre flotara?

—No... no sé —murmuró Jackson con cara de asombro—. Lo miré y... Jillian, algo *extraño* está pasando. Yo... —dijo asustado.

Papá se subió al auto y Jackson cambió el tema. Empezó a hablar de los Medias Blancas.

Yo seguí pensando en lo que había pasado durante el desayuno. Algo no andaba bien.

Al mediodía, mientras hacía la cola del almuerzo en la escuela, llamé a Marci y Ana Li, mis amigas del equipo de natación, y les pedí que me guardaran un puesto en su mesa.

Y mientras tanto, adivina quién se coló delante de mí en la cola. Sí, Nina Lerner.

—No te importa si me pongo aquí, ¿verdad?

—preguntó Nina—. Tengo baja el azúcar y necesito comer algo enseguida.

—Está bien —murmuré.

Nina tomó un tazón para servirse sopa, alzó la tapa de la olla pero enseguida la bajó.

—La sopa debe de estar picante y me hará daño.

—No, no te hará daño —dije—. Es sopa de pollo. No tiene picante.

Nina se volteó.

—¿Qué dijiste, Jillian? Yo no dije nada de la sopa —dijo sorprendida.

—Yo te... te oí —respondí.

Nina entrecerró los ojos y me miró fijamente.

—Me encantan tu falda y tu chaleco —dijo.

—Los compré en el centro comercial —dije—. En la tienda que está al lado de la tienda de mascotas.

El tazón se le resbaló de la mano a Nina y estalló en el suelo.

—¿Eres *bruja* o qué? —gritó—. ¿Me estás leyendo la *mente*? ¡No te dije ni una sola *palabra*!

Se volteó, tomó la bandeja y avanzó por la cola.

Yo me quedé ahí, mirándola y sintiéndome muy rara. De pronto había escuchado un susurro. No, más bien mil susurros. Muchas voces a la misma vez...

—Ojalá pudiera comer postre —le oí decir a Nina—. Pero debe de tener sirope de maíz y soy alérgica.

Contuve la respiración. Me di cuenta de que Nina no había dicho nada. Y estaba muy lejos para que yo pudiera oírla.

"¿Qué me está pasando? —pensé—. ¡Es cierto que le estoy LEYENDO la mente!"

Oí un grito al otro lado del comedor. Me volteé, y yo también grité.

Una silla flotaba por encima de una mesa.

Jackson estaba justo ahí con algunos de sus amigos. Los tres miraban la silla. Otros chicos gritaban y la señalaban.

Mi hermano tenía una expresión rarísima en la cara mientras los otros chicos gritaban asombrados. Jackson parecía estar concentrado en la silla.

Recordé el gofre flotante del desayuno.

Tenía que hablar con Jackson enseguida. Debíamos averiguar qué estaba pasando.

Dos maestros corrieron por el corredor. Uno de ellos agarró la silla y la puso en el suelo.

—He visto ese truco en la tele —dijo una chica.

¿Lo dijo o le leí la mente?

De repente, me sentí mareada, confundida y me llevé las manos a la frente.

Sonó la campana. Dejé mi bandeja sobre una mesa y corrí a clases sin almorzar. Pero no tenía hambre. Más bien tenía un nudo en el estómago y seguía un poco mareada.

De camino al salón de la Srta. Hawking, Brandon Meadows, uno de los amigos de Jackson, me pasó por al lado. Me saludó tímidamente y le oí decir: "Vaya, qué linda luce Jillian hoy".

Sentí que me sonrojaba. Sabía que Brandon no había dicho eso. Solo lo estaba pensando. ¡Le leí la mente!

—No sabía que yo le gustaba —susurré.

Estaba desesperada por hablar con Jackson sobre nuestra situación. Pero la clase ya había empezado y él estaba a varios pupitres de distancia.

La Srta. Hawking les estaba pidiendo a todos que se sentaran.

Le hice una señal a mi hermano para que me mirara, pero estaba leyendo uno de sus libros de texto.

Le leí la mente. Estaba enojado consigo mismo porque la noche anterior había leído las páginas de ciencias equivocadas. En ese mismo momento se decía que ojalá no lo llamaran a contestar.

¿Podrá Jackson leerme la mente a mí? Tenía que preguntárselo.

—Espero que todos hayan hecho la tarea —dijo la Srta. Hawking cuando se hizo silencio—. Haré una prueba a las 2:30.

Miré el reloj de la pared. Eran las 2:05.

Volteé a mirar a mi hermano. No tenía buena cara. Pude oír lo que estaba pensando: *Estoy perdido*.

—Saquen sus cuadernos de ciencias —dijo la Srta. Hawking—. Vamos a ver qué aprendieron sobre los manatíes. Empecemos contigo, Ana Li. ¿Son peces o mamíferos?

No oí la respuesta de Ana Li. Estaba buscando el cuaderno en mi mochila. *¿Dónde* estaba?

Revolví todo hasta que recordé que se lo había prestado a Nina. Y ella no me lo había devuelto.

Ojalá la Srta. Hawking no se diera cuenta. Miré el reloj. ¿Todavía las 2:05?

—Ahora, dime —continuó la Srta. Hawking—, ¿en dónde viven los manatíes? ¿Nina?

No oí la respuesta de Nina. Incliné la cabeza y miré a mi hermano. Tampoco estaba prestando atención.

Estaba mirando el reloj del salón.

Las 2:05.

Jackson no movía ni un solo músculo. No pestañeaba.

Traté de leer su mente. Pero no pude.

¿Por qué estaba tan concentrado?

¿Qué demonios estaba *haciendo*?

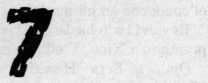

—¿Qué otras criaturas marinas están empa-
rentadas con el manatí? —preguntó la Srta.
Hawking.

La clase llevaba al menos media hora, pero el
reloj seguía marcando las 2:05.

¿Acaso nadie se daba cuenta?

Seguí mirando a Jackson. Estaba concentrado... concentrado...

Sabía lo que estaba haciendo. Sabía que había
detenido el reloj para que no llegaran las 2:30.

La Srta. Hawking seguía chequeando la tarea.
Hizo otra pregunta.

—Leones marinos y morsas —dije—. En el
Ártico.

—Jillian, espera a que haga la pregunta —me
regañó.

Sentí que me sonrojaba. Mis compañeros me
miraron.

—¿Cómo sabías lo que iba a preguntar? —dijo
la Srta. Hawking.

—Lo adiviné —dije.

Algunos chicos se rieron.

La campana sonó y salté de mi puesto.

—¡Ay, mi madre! —dijo la Srta. Hawking mirando el reloj—. Ese reloj está parado. Hoy tuvieron suerte. No tenemos tiempo para la prueba. ¡Nos vemos mañana!

Todos gritaron contentos y algunos chocaron las manos. Empacamos nuestras cosas y empezamos a salir.

Yo corrí hacia Jackson. Estaba sudando. Supongo que de tanta concentración.

—*Tú* hiciste eso, no lo niegues —le susurré—. ¿Detuviste el reloj?

—Sí, lo hice —dijo riéndose.

—¿Y también hiciste que la silla flotara en el comedor?

—Sí, fue fácil —susurró Jackson—. Y antes de venir a clase, cerré mi casillero con solo *pensar* que lo quería cerrar. ¿Qué te parece? ¡Es increíble!

—Yo puedo leer la mente —le dije—. De veras. Puedo leerte la mente.

—¿En serio? —dijo seriamente—. ¿En qué estoy pensando?

—En una chocolatina —dije.

—Huy, Jillian —dijo dando un paso atrás—. Tienes razón. ¡Puedes leer la mente!

Avanzamos por el corredor hacia la puerta principal.

—¿Cómo pasó esto? —le pregunté.

—¿La adivina? —dijo él después de pensarlo unos segundos—. ¿El corrientazo que nos dio la cabina?

—Estoy un poco asustada —dije—. Me siento muy extraña. Es divertido, pero ¿qué vamos a hacer? ¿Acaso somos superhéroes o simplemente gente rara?

8

Al día siguiente teníamos clase de fútbol en el gimnasio. El Sr. Bennet es nuestro maestro de educación física. Todo el mundo le dice Sr. B.

El Sr. B es joven, alto y muy apuesto. Todas las chicas de la escuela se mueren por él.

Hicimos un círculo a su alrededor mientras armaba los dos equipos.

—No puedo jugar —interrumpió Artie tocándose la nuca—. Me duele el cuello y estoy resfriado. Creo que me quedaré sentado.

"Mejor —pensé—. Él y su hermana son un desastre jugando".

Artie es el peor jugador de fútbol de la historia. Le da miedo patear el balón porque se puede torcer los dedos del pie.

—Todo el mundo tiene que jugar —dijo el Sr. B.

—Pero la nuca... —dijo Artie.

—Haz ejercicio —dijo el Sr. B—. Te aflojará el cuello y te sentirás mejor.

Artie trotó por la grama renegando y sobándose la nuca hasta unirse a su equipo. Vi que tenía un tenis desatado.

Yo estaba en el equipo rojo y Jackson en el azul.

Hacía un día soleado. La grama del terreno brillaba con los rayos del sol. Todos jugábamos con gusto y nos divertíamos. Era agradable correr a media mañana.

Faltando diez minutos para que terminara la clase, el partido estaba empatado a dos goles. Llevé el balón al área contraria.

Podía leer la mente de la defensa. Sabía que iba a moverse a la izquierda, así que toqué el balón hacia la derecha. No pudo quitarme el balón y la dejé atrás.

¿Hice trampa? No sé.

Mejor no hubiera pensado en eso porque me equivoqué. Le pasé el balón a Artie, que tropezó y se cayó.

"¡Uuf!"

El balón le quedó delante a alguien del equipo azul, que lo pateó hasta el otro arco y anotó.

Ahora íbamos perdiendo 2 a 3.

Solo quedaban unos minutos de clase. Vi que el Sr. B miraba su reloj.

Era nuestra última oportunidad de anotar, pero Artie tenía el balón. Pudo llevarlo durante un tramo corto y luego lo pateó, pero le salió mal la jugada.

El balón iba a toda velocidad... en la dirección equivocada.

—¡Cuidado! —grité.

Muy tarde. El balón golpeó a Jackson en el estómago.

Mi hermano abrió la boca del dolor y cayó de rodillas, sin aire.

—Ay. Perdón —dijo Artie.

El Sr. B corrió a ver a Jackson. Pero Jackson le hizo señas de que estaba bien. Su cara estaba roja, pero ya respiraba normalmente.

—Caray —murmuré, y supe lo que mi hermano estaba pensando en ese momento.

Estaba furioso... FURIOSO. Quería vengarse de Artie.

El partido estaba detenido. El balón estaba al lado de la línea de banda.

Vi que Jackson le ponía mala cara a Artie. Luego bajó los ojos y miró detenidamente el balón.

—¡No! —grité—. ¡No hagas eso, Jackson!

Corrí para detenerlo, pero llegué tarde.

¡Jackson envió el balón como un *cohete* a la cabeza de Artie!

9

Artie ni lo vio.

Se había arrodillado para amarrarse el tenis y el balón pasó volando por encima de su cabeza para luego rebotar en la grama.

Yo me quedé parada junto a mi hermano, que respiraba pesadamente. Tenía la frente sudorosa, pero ya no parecía tan enojado.

—Jackson, eso fue una tontería —dije—. Alguien habría podido verte.

Por suerte, nadie lo vio y el Sr. B estaba mirando en otra dirección.

—Debemos tener cuidado con estos poderes —dije—. ¿Cómo explicarle al Sr. B lo que acabas de hacer? No queremos que la gente piense que somos raros.

—Lo siento —dijo Jackson, y luego sonrió—. Siento no haberle acertado a ese idiota.

El sábado en la mañana necesitaba mi cuaderno

de ciencias y recordé que Nina todavía no me lo había devuelto.

Era una mañana gris y el cielo estaba lleno de nubes. Parecía que iba a llover.

Me puse una sudadera con capucha sobre la camiseta y me dirigí a la puerta.

—Vuelvo en unos minutos —les grité a mis padres.

—Jillian —dijo Jackson acercándose—, ¿para dónde vas?

—A casa de Artie y Nina —dije—. Necesito mi cuaderno de ciencias.

—Espera, voy contigo —dijo Jackson.

—¿Te sientes mal? —dije tocándole la frente cuando se paró a mi lado.

—Artie tiene un Wii nuevo —dijo Jackson poniéndose una chaqueta y saliendo conmigo—. Quiero verlo. He estado pensando sobre lo que dijiste, Jilly.

—No me llames Jilly, Jacky —dije pellizcándole el brazo.

—Debemos tener cuidado con estos nuevos poderes —dijo.

El periódico estaba sobre la grama del jardín. Jackson lo miró y el periódico salió volando hasta la puerta de entrada de la casa.

—¡Ja! —dije riendo—. Veo que eres muy discreto.

—Es para que no se vaya a mojar —dijo Jackson.

Empezamos a trotar por la acera. Había llovido la noche anterior, así que teníamos que tener cuidado con los charcos. Artie y Nina vivían en una casa vieja que estaba a dos cuadras.

En la esquina, dos niños soltaron sus bicicletas en la grama y corrieron hacia una casa.

—Mira esto —dijo Jackson con ojos pícaros.

—¡No lo hagas! —dije leyéndole la mente y agarrándole el brazo.

Pero no pude detenerlo. Hizo que una de las bicicletas flotara sobre la grama.

Los niños se voltearon y gritaron llenos de pavor.

Jackson bajó la bicicleta hasta el suelo.

—Sigue caminando —dijo Jackson—. Ni siquiera los mires.

—No puedo creer lo que acabas de hacer —susurré entre dientes—. ¿Crees que esto es un chiste?

—Los superhéroes tienen que divertirse —contestó.

—No somos superhéroes —dije—. Ni siquiera sabemos cuánto durarán estos superpoderes. Hay que tener cuidado, Jackson.

Dejé de hablar porque habíamos llegado a la casa de Artie y Nina. Era una casa verde de estuco de tres pisos. El postigo de la puerta principal estaba roto. La grama del jardín estaba crecida y había mucha hierba mala.

Toqué el timbre. Nina salió después de unos segundos.

—Ah, hola —dijo—. Vengan. Estamos planeando nuestra fiesta de cumpleaños.

"Qué emoción", pensé.

—Solo vine por mi cuaderno de ciencias —dije.

—Ah, eso —dijo Nina, y nos condujo a la sala, que estaba llena de cajas de cartón.

—Como ven, todavía estamos desempacando —dijo Artie acercándose por el corredor—. Ojalá mamá y papá terminen antes del día de la fiesta. Ahora no hay mucho espacio.

—Llevamos un mes acá, pero no hemos tenido tiempo —dijo Nina—. Y todo este polvo me hace estornudar. Es muy malo para la sinusitis.

—¿Dónde están tus padres? —pregunté, y miré alrededor.

Había una sala de estar al otro lado de la sala, y una televisión de pantalla grande estaba prendida con lo que parecía ser un juego de Wii.

—De compras —dijo Nina—. Fueron a buscar ingredientes para el pastel de cumpleaños.

—Necesitamos un pastel grande —dijo Artie limpiándose la nariz—. Invitamos a todos los chicos del salón.

—No me decido por el sabor del pastel —dijo Nina—. No puedo comer chocolate porque me da salpullido. Nada de chocolate. Mamá quiere hacer pastel de coco, pero Artie *odia* el coco. Se le mete entre los dientes.

—Mala suerte —murmuré.

No había dónde sentarse. El sofá y las sillas

estaban ocupados con lámparas, jarrones y otras cosas envueltas.

—No podemos quedarnos —dije—. ¿Puedes darme el cuaderno de ciencias?

Nina me miró fijamente y se puso pálida. Le leí la mente. Algo le había sucedido a mi cuaderno.

Desapareció por unos segundos y luego volvió con la cabeza gacha. Me entregó el cuaderno.

—Lo siento mucho —murmuró.

El cuaderno estaba empapado. Era un desastre. Ni siquiera lo podía abrir.

—Me caí —dijo Nina—. Se cayó en un charco. De veras lo siento, Jillian. Soy tan torpe.

Tenía razón. Yo tomo muchas notas porque quiero sacar una A en ciencias. Pero ahora...

—Tal vez puedas secarlo en el microondas —dijo Nina.

Seguro.

—Tengo que irme —dije, y me volteé para buscar a mi hermano.

Lo ubiqué en la sala de estar con Artie. Los dos estaban parados uno al lado del otro, con los controles del juego en la mano y mirando la pantalla de televisión.

—Si lo mueves para acá, los puños del boxeador se mueven —explicó Artie.

—Jackson, tenemos que irnos —dije acercándome a ellos.

No me oyó. Le encantan los juegos de Wii. Él y Artie habían comenzado un juego de boxeo. Bailaban como boxeadores y lanzaban puñetazos.

"Uh, uh, uh".

Mi hermano estaba metido en el juego. Empezó a gruñir con cada puñetazo. En la pantalla los dos boxeadores se golpeaban terriblemente.

De pronto, Artie pareció tambalearse, pero inmediatamente le *conectó* un puñetazo real a Jackson justo en la barbilla.

—¡AAYYYYYY! —gritó Jackson del dolor, y se agarró la barbilla mientras trastabillaba hasta golpear la pared de la sala.

—¡Fue un accidente! ¡Un accidente! —chilló Artie soltando el control.

Leí su mente y supe que realmente había sido un accidente.

Pero Jackson soltó un grito de furia, como un animal. Se masajeó la barbilla y caminó hacia Artie.

Leí la mente de mi hermano. *Basta ya.* Eso era lo que estaba pensando.

Luego pensó: *Ayúdame, Jillian. Démosles una lección a estos mellizos.*

Miré mi cuaderno empapado y empecé a sentirme tan furiosa como Jackson.

—Está bien —dije en voz alta.

10

Nina se acercó a Artie. ¿Intentaba protegerlo?

Jackson entrecerró los ojos y los miró a los dos... concentrando sus poderes.

Yo los miré también.

—Oye —gritó Nina, y sus ojos pasaron de mí a Jackson—. ¿Se volvieron locos? ¿Por qué nos están *mirando* así? ¿Qué están HACIENDO?

—¡PAREN! —gritó Artie—. ¡Dejen de mirarnos así! ¿Están *locos*?

—¡Me están dando migraña! —dijo Nina, y empezó a frotarse las sienes.

Pero, de repente, dejó caer las manos. Se quedó mirando al frente con los brazos inertes.

Los dos estaban congelados como estatuas. No movían la cara. Miraban al frente sin pestañear.

Traté de leerles la mente pero la tenían en blanco.

—¡Fantástico! —dijo Jackson riéndose—. ¡Fue muy *fácil*! ¡Míralos! ¡Los *congelé*!

—Ni tan siquiera pueden pensar —dije, y sentí escalofríos—. Están totalmente apagados.

—¡Sí! ¡Sí! —dijo Jackson lanzando un puño al aire.

—Tal vez sea demasiado —dije agarrándole el brazo a mi hermano.

—De ninguna manera, Jillian —dijo él soltándose y acercándose a Nina y Artie—. ¡Ojalá ahora nos den un respiro y dejen de ser tan desagradables! —Se volteó hacia mí—. ¿Crees que recordarán esto?

—No sé. No sé qué recordarán —dije con la voz temblorosa—. Esto no me gusta, Jackson. No creo que esté bien.

—Bueno, bueno —dijo él—. Tienes razón. ¿Los descongelo? Ya los asustamos lo suficiente.

Empezó a concentrarse, pero Artie y Nina no se movían. ¡Yo no sabía ni siquiera si respiraban!

—¡Apúrate! —dije—. Concéntrate más. Esto me da miedo.

Estaba muy nerviosa. ¿Por qué les habíamos hecho eso a estos dos chicos? Casi no habíamos practicado nuestros poderes. No sabíamos lo que podíamos hacer y lo que no.

Jackson seguía mirándolos. Apretó la mandíbula y se concentró... concentró sus poderes.

Yo los miré también, tratando de meterme en sus mentes. Repetía la misma palabra una y otra vez: *¡Despierten! ¡Despierten! ¡Despierten!*

Jackson exhaló fuertemente y cerró los ojos.

—No funciona —dijo.

Artie y Nina seguían sin moverse.

—Sigue intentándolo —dije—. Por favor, Jackson.

Los dos volvimos a concentrarnos. Tenía la boca tan apretada que sentía que me dolía la mandíbula.

Pero no pasó nada.

—¡DESPIERTA! —dije acercándome a Nina—. ¿Me oyes? ¡DESPIERTA!

Nada. No pestañeó ni movió un solo músculo.

Jackson y yo los sacudimos a los dos con fuerza, gritándoles que se despertaran.

Pero nada funcionaba.

Me eché hacia atrás, llena de pánico.

—¿Qué vamos a hacer? —dije aterrorizada—. ¿Jackson? ¿Qué...?

No terminé de hablar porque oí una puerta cerrándose.

—¡Llegamos! —dijo una voz.

Contuve el aliento y miré a mi hermano petrificada de miedo.

Los padres de Artie y Nina estaban de regreso.

11

Me quedé tan congelada como los mellizos.

Sus padres nos verían en unos segundos.

—¡Rápido! —le dije a Jackson—. *¡Tienes* que despertarlos!

Mi hermano se acercó a los mellizos y los miró fijamente. Se concentró tanto que se puso rojo.

Yo no sabía si mis poderes podrían ayudarlo. Pero también me concentré. *¡Despierten! ¡DESPIERTEN!*

Empezaron a moverse y solté un gritito.

Artie gruñó y sus hombros se relajaron. Pestañeó y dio un paso hacia adelante.

Nina exhaló fuertemente, como un balón que se desinfla. Su cabeza giró en círculo y luego me miró como si no supiera quién era yo.

—¿Jillian? ¿Cuándo llegaste?

Estaba tan contenta que me temblaban las piernas. Sentía que el corazón me latía como un tambor.

—¡Lo lograste, Jackson! —grité.

41

—¿Logró qué? —preguntó Nina.

Artie miraba la pantalla de televisión. De repente, se dirigió a Jackson.

—¿Terminamos nuestra pelea de boxeo?

—Eh, sí —dijo Jackson—. Ganaste. Me noqueaste.

—¿Artie? ¿Nina? —gritó su mamá—. Vengan a ver las decoraciones que conseguimos para el cumpleaños.

—Tenemos que irnos —dije casi sin aliento.

Agarré a Jackson y lo saqué por la puerta principal.

—¿No quieres ver las decoraciones? —dijo Nina.

—No —dije—. Quiero que sea una sorpresa. Adiós. Nos vemos luego.

Nos vieron salir corriendo. Dejé el cuaderno empapado, pero no me importó.

Artie y Nina ya no estaban en el mundo de los muertos o adonde fuera que los hubiéramos enviado.

Había empezado a llover bastante fuerte. Alcé la cara al cielo. Las gotas frías me refrescaban la cabeza.

Jackson y yo corrimos por entre los charcos.

—Debemos practicar —dijo Jackson—. No dominamos nuestros poderes. Tenemos que saber qué podemos hacer y qué no.

Nos resguardamos debajo de unos árboles. Chorreábamos agua como una catarata.

—¿Crees que debemos contarle a mamá y papá? —pregunté.

—Mejor que sea un secreto —dijo Jackson.

—Mañana irán a una cena por la noche —dije—. Podemos ensayar nuestros poderes mientras están afuera.

—Mañana por la noche —dijo Jackson—. Sí. ¡Mañana por la noche!

12

Al otro día por la noche, Jackson y yo cenamos pizza congelada. Mamá y papá estaban en su habitación arreglándose para salir.

—He estado pensando en un nombre de superhéroe para mí —dijo Jackson inclinándose sobre la mesa.

—¿Qué tal Salsa de Tomate Mutante? —dije riéndome.

—¿Qué? —dijo.

—Tienes salsa de tomate por toda la cara —dije.

—Tu nombre puede ser Mujer Graciosa Fantástica —gruñó, y le quitó un pedazo de jamón a su pizza y me lo tiró.

Me cayó en el regazo. Lo tomé y estaba a punto de devolvérselo cuando papá entró en la cocina.

—¿De qué están hablando? —dijo.

Jackson y yo contestamos al mismo tiempo.

—De la pizza —dije.

—De superhéroes —dijo Jackson.

Papá nos miró y se arregló la corbata. El pobre, odia las corbatas.

—Inventamos un superhéroe llamado el Pizzista Plateado —dije casi sin pensar—. Es como el Surfista Plateado, solo que viaja sobre una pizza gigante.

Ya sé, ya sé, una verdadera tontería.

Pero papá no estaba prestando atención. Estaba buscando las llaves del auto.

Yo las vi primero. Estaban debajo de la mesa de la cocina.

Jackson también las vio. Las miró fijamente y las hizo volar hasta la mesa.

—Ahí están, ¡en la mesa! —le dijo a papá.

—Qué raro —dijo papá—. No sé cómo no las vi.

Después de un rato, mamá y papá se despidieron y se fueron. Jackson y yo los vimos alejarse en el auto.

Jackson se metió un pedazo de pizza en la boca, tomó su chaqueta y salió por la puerta principal.

—Vamos —dijo.

La noche estaba fresca y el cielo despejado. Había dejado de llover por la tarde y todavía podía sentirse la humedad en el suelo. La luz de la luna se reflejaba en los charcos.

Trotamos hasta el pequeño parque que está en la cuadra siguiente a la nuestra. Está rodeado de arbustos altos, así que nadie nos vería. El parque tiene juegos para niños pequeños y una zona con mesas y bancos para hacer *picnics*.

Detrás de esa zona, hay canchas de tenis rodeadas de cercas. Las canchas estaban vacías.

Era el lugar perfecto para ensayar nuestros superpoderes.

Intenté abrir la verja, pero estaba cerrada con una cadena gruesa y un candado.

—Está cerrada —dije—. No podemos entrar.

—¡Eso no es problema para el Guerrero Genial! —dijo Jackson, y me apartó con la mano.

Se concentró en el candado, apretando los dientes. Yo podía ver los músculos de su cara moviéndose.

El candado se abrió y cayó al suelo.

—¡Bien hecho, Guerrero Genial! —dije, y le di una palmada en la espalda.

Quería decirle que era el nombre de superhéroe más tonto que había oído, pero no me pareció que fuera el momento indicado para hacerlo.

Abrí la verja y entramos en la cancha. Volví a poner la cadena con cuidado y miré alrededor. Alguien había quitado las redes de las canchas, de manera que había mucho espacio para correr.

—Estoy emocionada —dije.

—Yo también —dijo Jackson—. ¿Sabes qué quiero hacer primero? Quiero ver si puedo volar.

—¿Volar? —dije riendo—. ¿De verdad? ¡Ni siquiera había pensado en eso!

—Sé que tengo poderes desconocidos —dijo Jackson.

Nunca lo había visto tan emocionado. Siempre

había sido un chico tranquilo y despreocupado, el "suave" de la familia.

—¿Cómo averiguarlo? —pregunté—. ¿Alzamos los brazos?

Los dos alzamos los brazos, doblamos las rodillas y saltamos.

Nuestros tenis golpearon el suelo de la cancha.

—Tenemos que impulsarnos —dijo Jackson, y se puso en posición de carrera, como un atleta—. Podemos hacerlo, Jillian, sé que podemos.

Los dos corrimos a lo largo de la cancha. Más y más rápido...

Me impulsé con un pie y alcé los brazos al cielo.

—¡Sí! ¡Sí! —grité—. ¡Estoy VOLANDO!

13

Me estrellé de cabeza contra la cerca de la cancha.

Luego perdí el equilibrio y me tambaleé. Sentí un corrientazo de dolor por todo el cuerpo.

Jackson golpeó la cerca también. Rebotó y cayó sentado en el suelo.

Parpadeó varias veces, totalmente aturdido.

—Lo siento —dije mientras me estiraba para que se me pasara el dolor—. Me asusté porque pensé que iba a volar y luego me di cuenta de que no podría.

—Ayúdame a pararme —dijo Jackson.

Me acerqué a él y lo ayudé a ponerse de pie. Una de las mangas de su chaqueta se había ensuciado de tierra.

—Bueno, no podemos volar —dijo Jackson—. Tachemos eso de la lista.

—¿Qué sigue? Ah, ya sé. Superfuerza. Quizá tengamos una fuerza descomunal —dije, y miré para todas partes—. ¿Cómo probarlo?

—Déjame intentar cargarte —dijo Jackson después de tratar de limpiarse la manga de la chaqueta—. Eso nos dará una idea.

—¿Qué? —dije empujándolo—. ¿Por qué? ¿Porque soy superpesada? ¡Peso casi lo mismo que tú, Jackson!

—Trataré de levantarte con una mano, ¿está bien? —dijo sonriendo.

Me pasó un brazo por la cintura e intentó levantarme.

—No puedes —dije riéndome.

Lo intentó una vez más, pero no lo logró.

—Déjame intentarlo con las dos manos —dijo.

Me sujetó por la cintura con las dos manos y trató de alzarme. Por fin, me levantó un poquito, pero solo por unos segundos.

—Olvídate de la superfuerza —dije—. Tachemos eso también.

Jackson me soltó y retrocedió. De repente, se quedó muy quieto.

—¿Qué te pasa? —pregunté.

Miraba azorado hacia algo que estaba detrás de mí.

Me volteé y vi a alguien junto a la cerca.

¿Quién era? ¿Cuánto tiempo llevaba allí observándonos?

Dio unos pasos y salió de la sombra.

—Es un chico —dijo Jackson.

El chico caminó lentamente por la cancha.

Y cuando avanzó lo suficiente para que la pálida luz de la luna lo iluminara, Jackson y yo abrimos la boca y lanzamos un grito de horror.

14

Al principio parecía ser un chico. Era bajito, delgado y de pelo rubio y corto. Llevaba una camiseta oscura y unos jeans.

Tenía el cuerpo de un chico, ¡pero cara de anciano!

Además, era una cara espantosa. Tenía la piel pegada a los huesos, y tan fina como el papel, tanto que se le veía el cráneo.

Parecía no tener labios. Tenía la boca entreabierta, como con una sonrisa de calavera, los dientes rotos y los ojos oscuros y hundidos.

Lentamente alzó una mano huesuda y nos saludó.

—¿Quién eres? —logré preguntar mientras Jackson y yo retrocedíamos—. ¿Qué haces aquí?

Habló finalmente con una voz carrasposa.

—¿Están disfrutando de sus nuevos poderes? —dijo.

—¿Poderes? —dije—. ¿Qué poderes?

—Solo estábamos jugando —dijo Jackson—. No tenemos poderes.

—Me llamo Finney —dijo—. No deben mentirle a Finney.

Intenté leerle la mente, pero no pude.

¿Era un chico? ¿Un anciano? ¿Una especie de monstruo?

—El Instituto me envió —dijo Finney.

Jackson y yo lo miramos en silencio. ¿El Instituto?

—En El Instituto detectaron las vibraciones que ustedes emitieron —dijo metiendo la mano huesuda en el bolsillo del pantalón—. Por eso me enviaron a buscarlos.

Volteé a mirar la verja. No estaba tan lejos. Jackson y yo podríamos pasarle corriendo por el lado y salir. Parecía moverse muy despacio.

Miré a Jackson. Le leí la mente. Estaba pensando lo mismo que yo, correr y escapar.

—No sabemos nada de vibraciones —dijo Jackson con voz temblorosa; era evidente que estaba asustado, y empezó a caminar hacia la verja.

—Tenemos que irnos —dije—. Creo que ha cometido un error.

—El Instituto no comete errores —susurró Finney, y algo crujió en lo profundo de su garganta mientras sus ojos se hundieron aún más hasta que no parecía tener más que dos hoyos negros en la cara—. ¿Están disfrutando de sus nuevos poderes? —volvió a decir.

—De veras tenemos que irnos —dije sintiendo que las piernas me temblaban, pero avanzando de todas maneras hacia la verja.

Finney sacó algo del bolsillo del pantalón. Lo alzó a la luz de la luna. Era una joya grande. Su resplandor rojo brillaba en la claridad de la noche.

—Tienen que ver al Inspector —dijo mientras alzaba la joya, que intensificaba su resplandor lanzando rayos de luz roja sobre la cancha de tenis—. El Inspector les caerá bien. Es muy amable.

—No —dije—. Jackson y yo tenemos que irnos a casa.

Pero me di cuenta de que no podía moverme.

La luz roja de la joya que refulgía en la mano de Finney nos envolvió a Jackson y a mí. Quedamos atrapados entre nubes rojas.

—El Inspector les caerá bien —repitió Finney, pero su voz sonaba ahora lejana.

Yo no podía moverme. No podía ver más que la luz roja que me rodeaba... me cubría... me atravesaba...

De repente, la luz desapareció y todo se oscureció. Cerré los ojos y cuando volví a abrirlos, Jackson y yo ya no estábamos en la cancha de tenis.

Estábamos parados en una pequeña habitación repleta de mesas de laboratorio, monitores de computadora y otros equipos científicos.

Enfrente teníamos una ancha puerta de madera sobre la que había un letrero que decía: EL INSTITUTO.

15

Sentí una oleada de pánico. Miré a mi hermano, que a su vez miraba el letrero con la boca abierta.

—¿Qué estamos haciendo aquí? —susurró—. ¿Cómo llegamos aquí?

—No... no recuerdo —dije—. Jackson, esto no me gusta. Yo...

La puerta se abrió. Un hombre sonriente vestido con una bata blanca de laboratorio entró en la habitación.

Tenía una larga nariz torcida y ojos negros, redondos y pequeñitos, insertados en su inmensa cabeza calva. No era mucho más alto que nosotros. Su cabeza parecía ser muy grande para su cuerpo y la calva le brillaba como un foco.

Sus cejas eran gruesas y grises y tenía una barba corta y gris. Nos sonrió y vimos que tenía un diente de oro.

Llevaba un portapapeles en una mano. La otra la tenía metida en el bolsillo de la bata. Su sonrisa se desvaneció cuando vio el miedo en nuestras caras.

—No teman —dijo con una voz suave y cálida, como la de un locutor—. No les vamos a hacer daño. Yo soy un científico. Un científico normal... ¡no un científico LOCO!

Se rió de su propio chiste.

—¿Por qué nos trajo hasta acá? —preguntó Jackson—. ¿Qué quiere?

—No puede hacernos esto —dije enojada—. ¿Por qué trae gente en contra de su voluntad?

No nos respondió. Sus ojitos pasaban de mi hermano a mí.

—Jillian y Jackson —dijo moviendo la cabeza—. Los mellizos suelen tener poderes mentales especiales. ¿Sabían que algunos mellizos tienen su propio lenguaje secreto?

—Vimos algo sobre eso en la tele —dijo Jackson.

—Pero volvamos a nuestras preguntas —dije—. ¿Por qué nos trajo a la fuerza? ¿El tipo ese raro nos hipnotizó o qué?

—Por favor, Jillian, relájate —dijo con su voz delicada—. No los voy a retener por mucho tiempo. Los enviaré a casa dentro de poco, si cooperan.

—¿Cooperar? ¿Por qué íbamos a cooperar? —grité—. Ese anciano nos hizo algo. Él...

—Se llama Finney, es mi asistente —dijo—. Si en El Instituto detectamos vibraciones extrañas,

tenemos que enviar a uno de nuestros conducto-
res a investigar.

—¿De qué está hablando? —dijo Jackson—.
¿Quién *es* usted?

—Por favor disculpen mi falta de educación
—dijo el hombre tocándose la barba—. Mi nombre es muy difícil de pronunciar. Así que todo el
mundo me llama Inspector Cranium.

—¿Cómo? —dije—. ¿Cranium?

—Cranium significa cráneo —dijo asintiendo—. Algunos de mis empleados me pusieron
ese apodo. Es un chiste.

—Ja, ja —dije entornando los ojos—. ¿Ya nos
podemos ir?

—Permítanme que les explique en qué con-
siste mi trabajo —dijo.

Se dirigió a una computadora y escribió
durante unos segundos. En una de las paredes
del laboratorio apareció la imagen de un cerebro
humano.

—¿Ven? —dijo—. Un cerebro humano normal
y corriente. Algunos piensan que parece una
masa de carne, pero yo creo que se trata de algo
hermoso.

De repente recordé mis nuevos poderes. Miré
al Inspector Cranium y traté de leer su mente.
Pero no pude. De alguna manera me cerraba
el paso.

—A veces es muy bueno que la gente tenga
poderes mentales especiales —continuó el

Inspector Cranium—. Finney, por ejemplo. ¿Sabían que Finney tiene ciento catorce años?

—¿De verdad? —dije.

—Él usa sus poderes mentales para mantenerse vivo —dijo el Inspector Cranium—. A mí me parece algo fabuloso, ¿no?

Jackson y yo nos quedamos callados. ¿Estaría diciendo la verdad? ¡Sin duda, Finney parecía tener ciento catorce años!

—Pero a veces, es *malo* que la gente tenga poderes especiales. —Su sonrisa se había esfumado—. No quiero decir que ustedes tengan poderes especiales, pero digamos que sí...

Escribió algo en su portapapeles. Sus ojitos casi desaparecieron mientras escribía. Por fin, volvió a dirigirse a nosotros.

—Si ustedes tuvieran poderes especiales, nadie sabría cómo tratarlos —dijo—. Sus amigos los tratarían como parias. Sería un problema terrible para todos.

—Pues es un alivio que ni Jackson ni yo tengamos poderes —dije con una risa fingida.

Miré de reojo a Jackson, rezando para que me siguiera la corriente.

—Mi hermana tiene razón —dijo él al cabo de unos segundos—. No tenemos poderes mentales especiales.

—Pfff... —El Inspector Cranium hizo un ruido con los labios y volvió a escribir en su portapapeles—. Bueno, fue por eso que los traje aquí. No solemos equivocarnos. Pero vamos a hacerles unas pruebas a ver qué pasa.

—¿Pruebas? —dije.

El Inspector Cranium alzó una mano y sonrió de oreja a oreja.

—No se pongan nerviosos. Las pruebas son simples y no duelen nada. Estarán en casa dentro de muy poco. Estarán en casa dentro de muy poco tiempo —repitió—. *Si todo sale bien.*

16

Se volteó y caminó hasta el otro lado del laboratorio. Sus zapatos repiqueteaban en el suelo. Comenzó a mover clavijas, a pulsar botones y a escribir en varios teclados.

—Escúchame —le susurré a Jackson—, *no* podemos confiar en este tipo. No dejes que se entere de los poderes. Si cree que somos normales, nos dejará ir a casa.

—¿Pero cómo se los ocultamos? —me susurró Jackson—. Tal vez *sí* detectó nuestras vibraciones. Tal vez él puede leer la mente.

—Concéntrate en una sola cosa —dije—. Todo el tiempo. Solo piensa en... en Nina y Artie y en lo mucho que los odias.

—Está bien —susurró él—. Solo voy a pensar en ellos una y otra vez.

—Yo también.

El Inspector Cranium volvió, portando unos audífonos en cada mano.

—Pónganse estos —dijo—. Son inalámbricos.

Tomé los audífonos, los alcé y los miré.

—Vamos —dijo el Inspector Cranium—. No se preocupen. Todo está bien.

—Lo siento —dije entregándoselos—. No quiero.

—Póntelos —dijo bajito pero mirándome fijamente, sin pestañear, sin moverse.

Sentí un cosquilleo en la cabeza. Y luego, como una punzada *debajo* de la frente.

Intenté rascarme, pero la punzada se convirtió en dolor. Y entonces mis sienes comenzaron a latir... a latir con un dolor infernal.

—Póntelos —repitió el Inspetor Cranium— y se te pasará el dolor.

Respiré hondo y me puse los audífonos en los oídos.

No oí nada.

Empecé a repetir los nombres de los mellizos Lerner en mi cabeza. *Nina... Artie... Nina... Artie...*

Miré a Jackson. También se había puesto los audífonos. Leí su mente: *Nina... Artie... Artie... Nina...*

Oí un ligero murmullo. El murmullo se hizo más fuerte, pero luego desapareció. De nuevo, silencio.

Nina... Artie...

Alcé la cara. El Inspector Cranium estaba contra la pared del fondo, tecleando y mirando números en un gran monitor.

Nina... Artie...

El Inspector Cranium movió unos diales. Oí un ruido leve en los audífonos, como un latido. Era un latido constante.

Bip bip bip...

El latido se hizo más fuerte. Más prolongado. Hasta que sonó como la siréna de una ambulancia *dentro de mi cabeza.*

Abrí la boca y grité del dolor.

Pero no podía oír el grito por cuenta de la sirena. La cabeza me vibraba y me latía. El sonido estremecía todo mi cuerpo.

Agarré los audífonos desesperadamente con las dos manos.

Tiré con fuerza, pero estaban sujetos a mis orejas. Forcejeé para quitármelos. Lo volví a intentar, pero no cedían y el ruido de la sirena se hizo más fuerte.

—¡Ayúdenme! ¡AYÚDENME! ¡ME DUELE! ¡No lo puedo RESISTIR!

17

El ruido de la sirena desapareció, aunque todavía su eco retumbaba en mis oídos.

Me sentía tensa.

—Ya casi terminamos —le oí decir al Inspector Cranium a través de los audífonos—. Estoy leyendo tus impulsos cerebrales en este momento.

Respiré profundamente varias veces. Cerré los ojos y traté de concentrarme. Volví a repetir los nombres de los Lerner.

Nina... Artie... Nina...

El latido constante volvió, pero como un suave pitido.

Nina... Artie...

Luego, silencio. Un silencio profundo.

Cerré los ojos y traté de relajarme.

Unos segundos después, el Inspector Cranium se paró frente a nosotros. Me quitó los audífonos y luego se los quitó a Jackson. Parecía disgustado.

—Sorprendente —dijo, y nos estudió con sus diminutos ojos de pájaro—. Sorprendente.

—¿Ya nos podemos ir? —pregunté tímidamente.

—Solo falta una prueba muy simple —dijo, y pulsó un botón que estaba en la pared.

Finney entró tímidamente. Era un esqueleto vivo con el cuerpo de un chiquillo. La piel se le veía aún más blancuzca que antes bajo las luces del laboratorio y sus ojos estaban incluso más hundidos.

—Jillian —dijo el Inspector Cranium—. Dime en qué está pensando Finney. Vamos, concéntrate. Oye sus pensamientos y dímelo...

Podía leer fácilmente la mente de Finney. No tenía que concentrarme.

Finney estaba pensando en un pastel de manzana con helado de vainilla.

—¿En qué está pensando, Jillian? —preguntó el Inspector Cranium—. Dímelo. Lee su mente, Jillian. Dime en qué está pensando. Dímelo... dímelo... dímelo...

Cerré los ojos y fingí concentrarme.

—Eh... ¿está pensando en un nuevo auto? —dije por fin.

El Inspector Cranium suspiró. Se frotó los párpados y le pasó los audífonos a Finney, diciéndole que podía esperar afuera.

Finney salió rápidamente. Era tan ligero que sus zapatos no hacían ruido alguno al pisar.

—El Instituto no suele equivocarse —dijo el Inspector Cranium, y nos miró detenidamente a Jackson y a mí—. Sabemos detectar las vibraciones. Siempre encontramos los cerebros especiales.

Mi corazón comenzó a latir. ¿Qué nos haría ahora? ¿Más pruebas?

—Finney los llevará a casa en la camioneta —dijo el Inspector soltando otro suspiro. Metió la mano en el bolsillo y sacó dos tarjetas blancas. Nos dio una a cada uno—. Mi tarjeta. En caso de que me necesiten algún día —añadió.

Metí la tarjeta en el bolsillo de mis jeans.

"¿Por qué iba a a necesitarla? —pensé—. ¡No quiero verlo nunca más ni a él ni al Instituto!"

Finney nos condujo a una camioneta que estaba estacionada enfrente del laboratorio. No tenía ningún letrero. Era marrón y tenía un pequeño disco satelital en el techo.

Jackson y yo nos apretujamos en el asiento del pasajero, junto a Finney. Me sentía muy nerviosa porque no sabía si alguien de ciento catorce años podía conducir.

Cerré los ojos durante casi todo el trayecto. Pero el hombre condujo despacio y con cuidado y con las dos manos en el volante.

Unos veinte minutos después, estábamos frente a nuestra casa. Finney nos miró. Su cara era un cráneo viviente. Sus ojos desaparecían en la oscuridad.

—El Instituto no se equivoca —carraspeó.

Yo agarré la perilla de la puerta. Estaba cerrada.

—¿Nos va a dejar salir? —le pregunté—. Cranium nos dijo que podíamos ir a casa.

—El Instituto estará vigilándolos —dijo.

—¿Vigilándonos? —preguntó Jackson—. ¿Nos van a *espiar*?

—El Instituto puede enviar *sus* propias vibraciones —susurró Finney, y le quitó el seguro a la puerta.

Jackson y yo saltamos de la camioneta y corrimos hacia la casa sin mirar atrás.

—¡Mamá! ¡Papá! —gritamos.

Aún no habían llegado a casa.

Jackson agarró una lata de gaseosa del refrigerador y se la tomó de un sorbo.

—¡Tengo los pelos de punta!

—¡Increíblemente pero Nina y Artie nos ayudaron a engañar a ese científico! —dije.

Jackson y yo chocamos las manos.

—Ven —le dije, y subimos corriendo hasta mi habitación.

Me senté frente a mi laptop.

—Vamos a ver qué es El Instituto —dije—. A ver qué encontramos.

Hice una búsqueda de El Instituto. No salió nada.

Después hice una búsqueda de Instituto Mental. Nada.

—Busca Inspector Cranium en Google —dijo Jackson.

Lo hice, y nada. Nada sobre el Inspector Cranium.

—Esto está muy raro —dije.

—Oye, Jillian, ¡mira esto! —dijo Jackson.

Me volteé. Tenía en la mano la tarjeta que el Inspector Cranium le había dado.

—¡No lo puedo creer! —gritó Jackson—. ¡No lo puedo creer!

Me mostró la tarjeta.

Decía: NO ME ENGAÑARON.

18

Jackson y yo pensamos que lo que nos había sucedido era demasiado tenebroso. Debíamos contárselo a mamá y papá. Sabíamos que no sería fácil, pero teníamos que convencerlos de que teníamos poderes y de que el Inspector Cranium existía.

A la mañana siguiente, bajamos corriendo a desayunar. Papá estaba sentado a la mesa leyendo el periódico como siempre. Mamá llenaba la tetera de agua.

Tomé un panecillo y lo puse en la tostadora. Jackson se sirvió un vaso de jugo de naranja.

—Tenemos algo que decirles —dije luego de tomar una bocanada de aire.

—¿Algo como "Buenos días"? —dijo mamá.

—Sí, buenos días —dije—. Jackson y yo... pues, es una larga historia, y ustedes seguramente no nos creerán, pero es la verdad.

—Es una historia un poco tenebrosa —dijo Jackson.

Papá alzó la mirada y mamá puso la tetera en el fogón.

—¿Tenebrosa? —dijo mamá—. ¿Tenebrosa en qué sentido?

—¿Se metieron en problemas en la escuela? —preguntó papá.

—No, nada de eso —dije—. Es diferente. Es algo medio... increíble.

—¿Pasó algo mientras estuvimos fuera? —preguntó mamá.

—Ya te lo contaremos —dijo Jackson—. Pero tienen que prometernos una cosa.

—Nada de promesas —dijo papá tajantemente—. Nada de promesas hasta que no nos digan de qué se trata.

—Bueno, está bien —dije—. Es solo que... pues...

—Dilo ya —dijo mamá parándose detrás de papá y poniéndole las manos en los hombros—. ¿Cuál es el misterio? Dinos lo que tengas que decirnos, Jillian. Tú sabes que tu papá y yo somos muy comprensivos.

—Sí —dije—. Bueno... está bien. Lo que pasa... es que... Jackson y yo...

Miré a mamá y papá y sentí la garganta reseca.

No recordaba lo que quería contarles.

Traté de pensar. Cerré los ojos y me concentré.

¿Cómo era posible?

—¿Jackson? —dijeron nuestros padres al mismo tiempo.

Jackson asintió. Puso el jugo de naranja en la mesa y se aclaró la garganta.

—¿Pueden dejar de comportarse como unos tontos y decirnos cuál es el problema? —dijo papá saltando de su asiento.

Jackson y yo nos miramos con cara de pánico. Mi cerebro estaba... en blanco. En blanco. En blanco.

De pronto, me sentí mal. Sentí náuseas y me tapé la boca con las manos.

Comencé a temblar del miedo. ¿Qué me estaba pasando?

—Perdón —dije—. No recuerdo qué era lo que queríamos decirles.

—Perdón —dijo Jackson muy pálido—. Yo tampoco lo recuerdo.

—Seguramente no era nada importante —dijo mamá.

—Es una broma, ¿verdad? —dijo papá—. ¿Ustedes planearon esto?

La tostadora sonó. El panecillo estaba listo.

—Desayunen —dijo mamá—. Tal vez eso les refresque la memoria.

—Tal vez —dije, pero no quería comer, el estómago me daba vueltas y sentía la cabeza tan pesada como una roca.

Tan pronto salimos por la puerta de la casa, a mi hermano y a mí nos volvió la memoria.

No podía creerlo. Empecé a *reír*. ¡Me alegraba saber que no había enloquecido!

Pero tanto Jackson como yo nos dimos cuenta de lo que nos había sucedido.

Cranium. El Instituto. Finney dijo que enviarían sus propias vibraciones.

Eso fue lo que hicieron. Se metieron en nuestras mentes y evitaron que les contáramos todo a nuestros padres. Nos estaban espiando.

—Controló nuestra mente —dije—. No nos dejó recordar lo ocurrido. ¡Yo... yo ni siquiera podía hablar!

—Solo tengo una pregunta —dijo Jackson—. Si él tiene esa clase de poder, ¿qué *más* piensa hacer con nosotros?

19

El sábado por la tarde Jackson y yo salimos camino a la fiesta de cumpleaños de Artie y Nina. El día estaba nublado y el viento hacía que las hojas bailaran por las calles.

Yo llevaba los regalos que mamá había comprado: un nuevo juego Wii para Artie y una tarjeta de compras de una tienda para Nina.

Al acercarnos a la casa de los mellizos escuchamos música y voces. Antes de tocar a la puerta, nos asomamos por la ventana para mirar.

—Ay —gimió Jackson—. Mira todos esos globos. ¿Tendrán payasos también?

En la pared de la sala había fotos inmensas de Nina y Artie y letreros por todas partes.

—Vamos —le dije a mi hermano—, entremos de una buena vez.

Pero él tenía los ojos medio cerrados. Estaba concentrándose en algo que estaba dentro de la casa.

—Jackson —dije agarrándole el brazo—, ¿qué estás haciendo?

—Voy a hacer estallar todos los globos a la vez —dijo riéndose.

—Nada de eso —dije, apartándolo de la ventana—. Vamos a tratarlos bien, ¿no lo recuerdas? Fue lo que decidimos.

—¿Tratarlos bien? —dijo Jackson entornando los ojos—. ¿Por qué?

—Porque es su cumpleaños —dije—. Por favor. Dejémoslos en paz.

Toqué la puerta y Nina abrió.

—¡Hola! —gritó—. ¡Entren!

Llevaba una camiseta negra y rosada que decía PRINCESA CUMPLEAÑERA en letras brillantes y tapones en los oídos. Se dio cuenta de que me quedé mirándolos.

—La música a mucho volumen me da dolor de cabeza —dijo.

Me llevó hasta la sala. Había siete u ocho chicos de nuestro salón tomando limonada en vasitos de papel.

La Sra. Lerner estaba detrás de una mesa, sosteniendo un pincel en la mano.

—¿Nadie quiere que le pinte la cara? —gritó. ¡Qué horror!

Jackson corrió a la sala de estar donde Artie estaba jugando tenis de mesa en el Wii con sus primos, dos niños de cinco años. Le rogaban a

Artie que les diera un turno, pero Artie no soltaba la raqueta.

—¡Todos a bailar! —gritó la Sra. Lerner—. ¡Vamos!

Nadie se movió. La música era terrible, tanto, que ni siquiera mis *padres* la pondrían.

Me dirigí a la sala de estar. Jackson le dio el regalo a Artie, que enseguida lo abrió.

—Ya lo tengo —dijo, y se lo devolvió a Jackson—. ¿Puedes cambiarlo por otra cosa?

Vi que mi hermano se mordía el labio.

Nina me sujetó el brazo. Tenía un vasito con limonada en la mano.

—Jillian —me dijo—, me encanta ese suéter blanco. ¿Es nuevo?

—Sí —dije—. Yo...

Entonces, Nina se inclinó a verlo y me roció la limonada por todo el suéter.

—¡Ay! ¡Qué torpe soy! —gritó—. ¡Mamá! ¡Una toalla! ¡Una toalla!

¿Lo hizo a propósito o fue un accidente?

Leí su mente. Había sido un accidente. ¡Increíble!

La Sra. Lerner miró la mancha en el suéter.

—Hay que ponerle agua con gas —dijo—. Quítatelo, Jillian.

—¡No me lo puedo *quitar*! —dije casi llorando—. ¡No tengo nada debajo!

Nina me llevó a su habitación. Tomó el suéter manchado y me dio una de sus camisetas. Era rosada y decía DIVA Y PRINCESA en letras brillantes.

—¡Ahora *somos* mellizas! —dijo contenta.

Yo gruñí. No creo que me oyera porque todavía tenía puestos los tapones.

Me llevó de vuelta a la fiesta. Era hora del karaoke.

Debo admitir que el karaoke me gusta. Es divertido pararse y cantar como si uno fuera una estrella.

Pero hasta el karaoke era aburrido en esa fiesta. Nadie se puso a cantar. Los chicos que estaban allí empezaron a ponerles letras desagradables a las canciones. Y Nina no cantó porque tenía dolor de garganta.

Artie tampoco cantó. Estaba quejándose de que los niños pequeños no soltaban el Wii.

Ya te haces una idea. No era la mejor fiesta del mundo.

Como doscientas horas más tarde, Jackson se me acercó sonriendo.

—Mira esto —me susurró.

—¿Qué? —pregunté.

—Voy a hacer que el pastel salga volando por la ventana —dijo—. A ver si animamos esta fiesta.

—De ninguna manera —dije, y lo agarré—. Recuerda lo que prometimos. Ser agradables. Y... no queremos que todo el mundo se entere de nuestro secreto.

Jackson protestó y se fue a la sala de estar a ver a los niños jugar tenis con el Wii.

Después de comer el pastel, todos comenzaron a marcharse.

—¡Sobrevivimos! —le susurré a Jackson, y nos dirigimos a la puerta.

—No se vayan todavía —dijo Nina cerrándonos el paso—. Quédense hasta que los otros se vayan. Artie y yo queremos decirles algo.

—¿Decirnos algo?

Nina se llevó un dedo a los labios, como si se tratara de un gran secreto.

Estábamos atrapados. Tomó una eternidad para que los padres recogieran a todos los chicos, hasta que, por fin, no quedábamos más que Jackson y yo.

—Qué linda fiesta —dijo la Sra. Lerner—. Vuelvo en un momento, chicos, tengo que ir a recoger a papá al aeropuerto. Lástima que se haya perdido la diversión.

Después de unos segundos, se fue en su auto y quedamos a solas con Nina y Artie.

—Queremos decirles algo —dijo Nina.

—Sí —dijo Artie—. Les tenemos una sorpresita.

"¿Qué clase de sorpresa?", me pregunté.

Nina abrió la boca para hablar, pero en ese momento se escuchó un ESTALLIDO justo detrás de mí.

Salté, me volteé y vi que la puerta principal estaba abierta.

Los cuatro gritamos al ver al Inspector Cranium entrar a toda velocidad. Su bata blanca se alzaba como una capa y su calva estaba empapada de sudor.

Sus ojitos de pájaro miraron a todas partes.

—¿De veras pensaron que podrían engañarme? —retumbó—. ¿De veras pensaron que podrían ocultarme sus poderes?

Jackson y yo retrocedimos hasta la pared. Me temblaban las piernas y el corazón me latía con fuerza.

Vi que Nina y Artie también retrocedían. Sus ojos estaban muy abiertos. Artie tropezó con el brazo del sofá y se cayó.

Cranium se acercó a nosotros muy enojado.

Sabía que debía actuar inmediatamente. Pero tenía tanto miedo que no podía pensar ni moverme.

Cranium se acercó aún más.

—Jackson y yo queremos disculparnos —dije por fin—. No queríamos engañarlo. Nosotros...

—¡Cállate! —rugió Cranium con los ojos llenos de furia.

—Pero no...

—¡Te dije que te callaras! —gritó, y luego me dirigió una mirada que me produjo un corrientazo, como una cachetada.

—¡Ay! —grité, y me llevé la mano a la mejilla.

Cranium estaba muy cerca de mí.

Cerré los ojos y traté de bloquearlo en mi mente.

—¡Ustedes saben quién soy yo! —retumbó de nuevo—. Y saben lo que tengo que hacer. ¡Tengo que vaciarles el cerebro!

20

Esperé a recibir el terrible castigo que acabaría con mi cerebro. Y esperé...

Pero no sentía nada.

Abrí los ojos y vi a Cranium parado junto al sofá. Estaba mirando a Nina y a Artie.

Nina estaba hecha un manojo de nervios.

—¡Déjenos en paz! —chilló Artie saltando del sofá.

—¿Por qué los asusta? —grité—. ¡El asunto no es con *ellos*!

—Ellos no saben nada —dijo Jackson—. No saben que Jillian y yo tenemos poderes.

—¿A quién le importan sus tontos poderes? —dijo Cranium, y se dirigió a los otros mellizos—: Se han escondido por mucho tiempo. No hay alternativa, tengo que vaciarles el cerebro por completo.

—¿Vaciarnos el cerebro? —murmuró Nina.

—¡Esto es una locura! —dijo Jackson—. Nina y Artie no saben de lo que está hablando. Vamos,

¡salgamos! —añadió tomando a Nina del brazo y conduciéndola a la puerta.

Pero Cranium corrió y se interpuso, fijando los ojos en Jackson.

Mi hermano soltó un alarido y sus manos se alzaron al sentir una potente descarga eléctrica. No dio un paso más.

—¿Qué significa eso de vaciarnos el cerebro? —gimió Artie mientras la nariz le goteaba—. ¿Quién es usted? ¿Por qué quiere lastimarnos? ¡Hoy es nuestro cumpleaños!

—De nada te servirá hacerte el inocente —le respondió Cranium—. Detecté sus vibraciones, lo sé todo sobre ustedes dos.

Qué confusión.

¿Era posible? ¿Acaso Cranium pensaba que Artie y Nina tenían poderes?

—No me queda alternativa —dijo Cranium—. Como inspector de la Policía Mental, debo hacer esto por el bien de la humanidad.

—¿Vacía el cerebro de la gente para beneficio de la humanidad? —dije mirándolo.

—No podemos permitir que las personas normales tengan poderes —dijo asintiendo—. Las personas normales son muy débiles y tontas.

—¿Qué? —dije cruzando los brazos—. Eso no tiene ningún sentido.

—¡Solo la Policía Mental puede tener poderes! —bufó Cranium—. Mantenemos el orden. ¿Saben por qué nunca hay superhéroes? Porque nosotros los detenemos antes de que puedan hacer nada.

—¿Quiere decir que de no ser por ustedes habría superhéroes de verdad? —pregunté.

—Mucha gente tiene poderes —dijo Cranium—. Pero nos aseguramos de que no puedan usarlos. Solo hay unas cuantas personas que saben utilizar bien los superpoderes. Sabemos quiénes son... pero al resto hay que quitárselos.

Los cuatro lo miramos en silencio, aterrados.

—Se acabó la charla —gruñó Cranium, y volvió a dirigirse a Artie y a Nina—. Les tengo que vaciar el cerebro ya.

21

Señaló a Nina y Artie y comenzó a mover la mano en círculos sin quitarles la vista de encima.

Artie soltó un gemido.

Nina se llevó las manos a la cabeza.

—¡Me duele! ¡ME DUELE! —chilló.

Miré horrorizada. Cranium les estaba vaciando el cerebro a Artie y a Nina... les drenaba todos los pensamientos.

Jackson, que estaba a mi lado, empezó a moverse. Primero movió los brazos, en círculos, como si fueran molinos de viento.

Se concentró en el Inspector Cranium y continuó moviendo los brazos rápidamente.

Después de unos segundos, el Inspector Cranium trastabilló hacia atrás y se agarró el cuello como si se estuviera ahogando.

Jackson no se detuvo. Siguió moviendo los brazos y mirando a Cranium.

El Inspector hacía ruidos horribles. Se

masajeaba el cuello tratando de respirar. La cara se le puso roja.

Nina y Artie se quedaron quietos al lado del sofá. Estaban pálidos y temblaban.

—¡Corran! —gritó Jackson—. ¡Rápido! ¡MUÉVANSE! ¡No puedo tenerlo así mucho tiempo!

Antes de que pudiéramos dar un paso, Cranium soltó un feroz rugido.

Jackson gimió levemente y cayó de espaldas. Se golpeó contra el piso y empezó a respirar con dificultad.

Cranium se frotó el cuello y sonrió.

—Te gané, chico —dijo con la voz ronca—. No lo lograste. Tu hermano es bueno —dijo mirándome a mí—, pero no lo suficiente. ¿En qué estaba? Ah, sí. Estaba ocupándome de tus inocentes amiguitos.

—No, por favor. ¡Déjelos en paz! —dije retrocediendo, hasta que choqué con Nina.

—No te preocupes —me susurró ella. Me tocó el hombro y miró fijamente al Inspector Cranium.

—¿Ahora me vas a retar tú, ratoncita? —dijo Cranium riendo con los ojos muy abiertos.

—¿Qué tal una lección de vuelo? —gritó Nina alzando las dos manos por encima de la cabeza.

Cranium soltó un gemido y se elevó.

Agitaba las piernas y movía los brazos violentamente, pero no podía hacer nada más.

Nina sacudió los brazos y Cranium subió hasta el techo como un globo lleno de helio.

—Por poco —dijo Nina mientras ayudaba a Jackson a pararse.

Artie salió de detrás del sofá y rió aliviado.

—¡Miren a ese tipo allá arriba! —dijo—. ¡Cranium Aéreo!

—¡Bájenme, por favor! —lloriqueó el Inspector Cranium—. ¡Bájenme! ¡No pueden hacerle esto a la Policía Mental!

—¿Entonces sí tienen poderes? —le pregunté a Nina.

—De nacimiento —dijo ella—. Los mismos que Jackson, solo que mucho más poderosos. Artie y yo fingimos quedar congelados el día que estuvieron aquí.

—Eso era lo que queríamos decirles —dijo Artie—. Nina y yo nacimos con poderes especiales, pero aprendimos a ocultarlos. Sabemos lo que hace la Policía Mental y no queríamos que nos descubrieran. —Artie miró a Cranium—. Tener poderes es muy peligroso —continuó—. La Policía Mental siempre está alerta, buscando gente que sea diferente. Nina y yo fingimos ser tontos y torpes para que nadie nos ponga atención. No queremos que nadie sepa la verdad.

¿Nina y Artie Lerner tenían superpoderes? No lo podía creer.

Estaba tan sorprendida que casi se me olvida Cranium.

Miré hacia arriba y él me gritó a mí directamente.

—¡Bájame! ¡Estoy hablando en SERIO! ¡No me pueden tener aquí arriba! Bájame y no seré tan estricto contigo y con tu hermano. ¡Solo me interesan los otros dos!

De repente, en un segundo, ¡Cranium se estiró y me agarró por el pelo!

22

—¡NOOO! ¡Suélteme! —chillé.

El Inspector Cranium me sujetó con fuerza y yo grité del dolor. Traté de zafarme, pero no pude.

Jackson movió los brazos una vez más.

Cranium soltó un quejido y volvió a quedarse sin aire.

Miró a Jackson enrojecido. Mi hermano gritó y cayó de espaldas en el suelo. Intentó pararse, pero los poderes del Inspector Cranium se lo impidieron.

Sentí que me tiraba del pelo con toda su fuerza.

El dolor me atravesó la cabeza y el cuello. ¡Casi me alza por el pelo!

Entonces vi que Nina se había quedado quieta y muy recta. Observaba la mano de Cranium. Se estaba concentrando y apretaba los dientes.

Se oyó un leve *estallido* y luego un crujir de huesos.

Cranium abrió la boca del dolor.

Sentí que sus dedos se abrían, soltándome el pelo, así que me agaché y caí de rodillas.

El Inspector gritaba y se agarraba la mano, que parecía haber explotado. Sus dedos estaban rotos por todas partes.

—¡Ay, qué lástima! —gritó Nina—. ¿Le pasó algo en la mano?

Me alisé el pelo y gateé hasta donde estaba Nina.

—Gracias —le dije casi sin aliento.

—¡Bájenme ya! —dijo Cranium extendiendo la mano rota—. No pueden hacerle esto a la Policía Mental. No podrán escaparse.

—Basta —susurró Nina, y se dirigió a su hermano—. Tenemos que deshacernos de este tipo. ¿Estás pensando lo mismo que yo?

—Sí —dijo Artie—. ¡ATRÁS, todos!

—¡Finney sabe que estoy aquí! —gritó el Inspector Cranium desde el techo—. Traerá más funcionarios. No podrán escapar de la Policía Mental. ¡Se lo aseguro! ¡A todos les vaciaremos la mente!

—¡Quítense de ahí! —nos dijo Artie a Jackson y a mí—. ¡Voy a usar mis poderes ahora mismo! Y mis poderes son diferentes de los de ustedes.

—¿Diferentes? —pregunté.

—Sí... yo puedo jugar con el tiempo.

—No entiendo —dije.

—¡SUÉLTENME! —gritó Cranium—. Suéltenme ya y les prometo que les vaciaré la mente rápidamente y sin dolor.

Me di cuenta de que Jackson se concentraba en algo que estaba al otro lado de la sala. Era lo que quedaba del pastel de cumpleaños. No había más que un pedazo grande de chocolate sobre el plato.

Los tres vimos que el pedazo de pastel se elevó, voló a través de la sala... subió rápidamente... y golpeó la cara iracunda del Inspector Cranium.

Este escupió y maldijo, quitándose el chocolate de los ojos.

Nina, Jackson y yo nos echamos a reír. Pero Artie no.

—Atrás —dijo—. Vamos a ver qué puedo hacer para resolver este problema.

23

Artie cruzó los brazos y cerró los ojos. Susurró algunas palabras que no pude entender.

Luego, abrió los ojos y miró al Inspector Cranium.

—¡Bájenme! —gritó Cranium—. ¡Se lo advierto por última vez!

Artie volvió a susurrar unas palabras sin quitarle los ojos de encima a Cranium.

—¡La última advertencia! —dijo Cranium, pero esta vez su voz sonaba más suave—. ¡Ustedes no pueden controlar sus poderes! ¡Paren inmediatamente y bájenme!

La voz de Cranium se hacía más aguda.

—¡Ay, santo cielo! —dije estupefacta.

Cranium ya no era calvo. Tenía mucho pelo negro y ondulado.

Mientras lo miraba, su barba desapareció y él mismo empezó a achicarse. Sus brazos y piernas se encogieron y desaparecieron dentro de la bata de laboratorio.

—Se está reduciendo —dije.

—Sí —dijo Nina—. Está funcionando. ¡Mira!

Artie seguía concentrado en Cranium. Continuaba con los brazos cruzados y susurrando las mismas palabras una y otra vez.

Las manos de Cranium se movían dentro de la bata. Los zapatos se le cayeron y golpearon el suelo. Comenzó a darle patadas al techo.

—¡Bájenme! ¡Bájenme! —dijo con voz de niño—. ¡BÁJENME! ¡No es justo! ¡No es JUSTO!

Luego, sucedió algo increíble.

—¡BUAAAAAAAA! ¡BUAAAAAAAA!

Cranium lloraba como un bebé.

Era un bebé. Un bebé de cara roja, envuelto en una bata de laboratorio, que movía los bracitos como loco.

—¡BUAAAA! ¡BUAAAA!

—¡Funcionó! —dijo Artie y respiró profundo—. Lo hice retroceder en el tiempo.

Nina alzó las manos. Señaló al bebé, que flotaba cerca del techo, y movió los brazos hacia la puerta principal.

El bebé, que seguía llorando a todo pulmón, voló a través de la sala y salió por la puerta.

Lo vimos por la ventana. Voló por encima de los árboles hasta que desapareció a lo lejos.

Entonces, nos reímos a carcajadas. Chocamos las manos y bailamos por toda la sala.

¡Nunca antes me había sentido tan feliz!

—¡Artie, eso fue espectacular! —dije—. ¡Ustedes son espectaculares!

—Sí, somos espectaculares —dijo Nina—, pero estamos metidos en un lío. No creerás que estamos a salvo de la Policía Mental, ¿o sí?

El lunes, Jackson y yo buscamos a Artie y a Nina en la escuela, pero no los vimos. Así que fuimos a su casa al terminar las clases.

Tocamos el timbre y esperamos. No se oía nada.

Volví a tocar el timbre y toqué a la puerta. ¿No había nadie?

Fui hasta la ventana y miré adentro.

—¡Ay! ¡No lo puedo creer! —grité—. ¡Mira, Jackson!

No había ni un mueble. La sala estaba completamente vacía.

Corrimos a la parte de atrás de la casa y miramos por la ventana de la cocina. Todo estaba oscuro y vacío.

—Se fueron —dije—. Desaparecieron sin despedirse.

—No estuvieron aquí más que unos cuantos meses —dijo Jackson—. Tal vez tienen que mudarse con frecuencia.

Agarré a mi hermano por la manga y le leí la mente. Estábamos pensando lo mismo.

"¿Tendríamos que mudarnos nosotros también?"

Caminamos hacia la tienda de zapatos que

estaba a una cuadra. Papá me había dado dinero para comprar unos tenis.

No dijimos nada. Los dos pensábamos en Nina y Artie... y en Cranium.

—¡Jackson! —dije a media cuadra de la tienda—. ¡Mira!

Al final de la cuadra, en medio de la acera, había una pequeña cabina bañada en luz morada. Era la cabina de una adivina.

¡Madame Perdición!

Corrimos hasta allá. Delante de la cortina roja estaba la figura de madera de la vieja adivina, igual que antes. Se inclinó hacia el vidrio, como si nos estuviera observando.

—¿Es la misma? —preguntó Jackson.

—Sí —dije señalándola—. Mira, la misma ceja descascarada.

—¿Pero cómo llegó hasta acá? —dijo Jackson—. ¿Qué hace en esta acera?

—Tal vez nos está siguiendo —dije.

—Ja, ja... Muy graciosa, Jillian.

—Métele una moneda —dije—. Vamos a ver qué nos trae el futuro.

—La última vez dijo algo estúpido sobre un parque de diversiones —dijo Jackson.

—Dale —dije empujándolo—. Tal vez nos dé buena suerte.

—Sí, claro —dijo Jackson entornando los ojos al tiempo que depositaba una moneda en la ranura de la cabina.

Madame Perdición se movió lentamente.

Pestañeó y echó la cabeza hacia atrás y hacia delante. Una mano descendió. Se oyó un *clic*, y una tarjeta blanca cayó en su mano. Luego, lentamente... muy lentamente... se oyó un crujido... y extendió la tarjeta hacia nosotros.

Jackson la tomó.

—Léela en voz alta —dije—. ¿Qué nos depara el futuro?

—"Lávense y cuídense bien los dientes, y los dientes cuidarán de ustedes" —leyó Jackson—. ¡Qué *tontería*! —añadió riéndose—. ¡Es la peor predicción que he oído!

—Espera —dije, y agarré la tarjeta—. Atrás dice algo más.

La volteé y los dos leímos lo que decía en letra negra diminuta.

BIENVENIDOS A HORRORLANDIA.

BIENVENIDO A HORRORLANDIA

HORRORLANDIA

¡DONDE LAS PESADILLAS SE HACEN REALIDAD!

LA HISTORIA HASTA AQUÍ...

Varios niños han recibido unas misteriosas invitaciones a HorrorLandia, un parque temático de miedo y diversión. A cada "invitado superespecial" se le garantiza una semana de terroríficas diversiones... pero los sustos empiezan a ser DEMASIADO reales.

Crueles villanos surgen del pasado y los siguen hasta el parque. Un empleado del parque, un horror llamado Byron, les advierte que sus vidas corren peligro en HorrorLandia y les aconseja escapar a otro parque, al Parque del Pánico.

Cuando Jillian y Jackson recibieron la invitación por correo para ser invitados superespeciales de HorrorLandia, la predicción de Madame Perdición se hizo realidad. Eso les dio miedo. ¿Aceptarán la invitación o no?

Jillian nos lo sigue contando...

¿Por qué mi hermano y yo aceptamos ir a ese tenebroso parque? Lo estuvimos pensando durante mucho tiempo y nos dimos cuenta de que no queríamos pasarnos toda la vida escapando de la Policía Mental. Necesitábamos respuestas: ¿De dónde venían nuestros poderes? ¿Por qué los teníamos? ¿Tenía esa invitación algo que ver con esos extraños poderes?

Fuimos con una misión en mente. Averiguar todo esto. Pero mientras mirábamos el parque desde la habitación del Hotel Inestable, estuvimos de acuerdo en que también podría ser divertido.

Pero, ¿dónde estaban los otros invitados superespeciales?

Le preguntamos al horror que estaba en la recepción, un tipo enorme de piel verde y cuernos amarillos.

—Creo que se los comieron vivos a todos —dijo, y se relamió—. ¡Qué rico!

—¿De veras no va a decirme dónde están? —dije riéndome.

—Ya te lo dije —respondió el horror.

—¿Puede ayudarme? —dijo una mujer acercándose al mostrador—. El lavabo del baño de mi habitación está botando sangre.

—¿Qué esperabas, *agua tónica*? —dijo el horror.

Jackson y yo salimos de allí.

—Creo que no tiene ganas de ayudar a nadie —dije.

—Está haciendo su trabajo, eso es todo —dijo Jackson.

Fuimos a una gran plaza repleta de niños con sus padres. Vi una hilera de tiendas y puestos de comida. Un horror estaba regalando globos en forma de calaveras.

Otro horror de piel azul estaba sentado detrás de una mesa que decía: MORDISQUITOS.

—¿Qué tipo de comida vende? —le pregunté.

—No es comida —dijo—. ¡Ven aquí y te MORDERÉ!

Algunos chicos se rieron. Jackson y yo seguimos de largo.

—¿Por dónde empezamos? —dije.

—Vamos al Tobogán Maldito —dijo Jackson—. Algunos chicos de la escuela me dijeron que era fantástico.

—Pero vinimos acá a averiguar sobre nuestros poderes y la razón por la que Madame

Perdición nos dio las tarjetas de bienvenida a HorrorLandia —dije.

—Ya sé —dijo Jackson—. Pero también vamos a divertirnos, ¿no? Busquemos el Tobogán Maldito.

—¿Qué tiene de divertido? —pregunté.

—Me dijeron que tenía un montón de toboganes. Si eliges el equivocado, te deslizas para siempre.

—Huuuuy, qué miedo —dije escéptica—. ¿Y tú crees también en el Ratoncito Pérez?

Jackson no me respondió sino que me miró a los ojos y se concentró.

—¡Oye! —le dije cuando sentí que me elevaba—. ¡Deja de hacer eso!

Jackson me bajó.

—Está bien, está bien —dije—. Vamos al Tobogán Maldito. Pero recuerda que dijimos que no vamos a usar nuestros poderes. No queremos que la gente piense que somos raros.

—¿De qué sirve tenerlos si no podemos usarlos?

—Estoy tratando de leerte la mente —le dije—, pero no puedo. ¡Porque solo puedo leer mentes más grandes que una menta!

—Qué simpática —dijo Jackson.

Llegamos a un lugar donde había un gran mapa del parque. Una flecha señalaba un cuadrado amarillo que decía ESTÁS AQUÍ. (¿PERO HASTA CUÁNDO?)

Busqué el Tobogán Maldito en el mapa. Estaba al otro lado de las atracciones carnavalescas.

Jackson y yo atravesamos la plaza y nos dirigimos hacia el Bosque Lobuno. Podía oír aullidos de lobos provenientes del otro lado de los árboles. Luego, oí a unos chicos chillando. No sabía si chillaban de miedo o de alegría.

—Jillian, espera —dijo Jackson sujetándome el brazo y señalando hacia atrás, hacia la plaza.

—Ay, no —dije al ver la cabina de la adivina.

—¡Madame Perdición! —gritó Jackson.

—Qué extraño —dije—. ¿Está aquí también? Podía ver que la figura de madera sentada detrás del vidrio miraba en nuestra dirección.

—Tal vez hay cabinas iguales por todas partes —dijo Jackson.

—Puede ser —dije, sintiendo que debía ir hasta allí, como si Madame Perdición me atrajera hacia ella.

Jackson y yo nos acercamos.

La cabina era exactamente igual a las anteriores que habíamos visto. La madera estaba resquebrajada, la pintura de la cara de Madame Perdición estaba descolorida y agrietada y Madame estaba sentada delante de una cortina roja.

—Mira, la ceja izquierda está descascarada —dije señalándola—. Jackson, te lo juro, ¡es la misma que nos dio las tarjetas!

—Eso es imposible —dijo Jackson mirando la cara de la adivina—. ¿Cómo puede estar en tantos lugares?

—¿Tienes una moneda? —le pregunté—. Quiero que nos diga el futuro.

—La última vez nos dijo algo estúpido sobre cuidarnos los dientes —se quejó Jackson.

—Pon la moneda y ya —dije—. Vamos. Hazlo. ¿Quieres ir al Tobogán Maldito o no?

Mi hermano protestó mientras buscaba en el bolsillo de sus pantalones. Por fin, sacó una moneda de veinticinco centavos y la insertó en la ranura.

La figura de madera cobró vida. Los ojos pintados pestañearon. La cabeza se movió hacia atrás y hacia delante. La mano de madera descendió. Cuando volvió a subir, sostenía una tarjeta blanca.

Tomé la tarjeta y la leí.

—¿Y? —dijo Jackson—. ¿Qué dice?

Se la mostré. La tarjeta decía: ESCAPEN DE HORRORLANDIA.

2

Jackson y yo volvimos a leer la tarjeta.

—¿Qué significa eso? —dije—. Acabamos de llegar.

—Nos dio dos tarjetas que nos daban la bienvenida a HorrorLandia —dijo Jackson—, y ahora nos da una diciéndonos que nos vayamos. No entiendo. Todo esto es muy raro.

Me quedé pensando en eso mientras nos dirigíamos al Bosque Lobuno. El cielo se había llenado de nubes grises que tapaban parcialmente el sol, haciendo que nuestras sombras bailaran frente a nosotros. Sin sol, comenzó a bajar la temperatura.

Llevaba una blusa sin mangas, así que sentí frío y pensé que tal vez debería volver al hotel para ponerme algo más abrigado.

De pronto, un hombre nos saltó enfrente y Jackson y yo paramos en seco.

¡Era el Inspector Cranium!

Llevaba la bata de laboratorio y su calva

relucía como un foco. Apenas sonreía, pero su diente de oro brillaba de todos modos.

Agarré a Jackson y me volteé para escapar.

Cranium se movió rápidamente y nos bloqueó el paso.

—¿Qué está haciendo acá? —le pregunté—. ¡A usted lo convirtieron en un bebé!

—A veces los bebés crecen rápidamente —respondió furioso.

—¡Déjenos ir! —grité.

—¿De veras pensaron que podrían vencerme tan fácilmente? ¿Creen que su amiguito es el único que puede jugar con el tiempo? —dijo mirándonos fijamente—. ¿No saben por qué están aquí? ¿Ni siquiera lo sospechan?

—¿Por qué? —grité.

—¡Díganos qué está pasando! —dijo Jackson.

—Ustedes se burlaron de mí y quiero vengarme... Él me prometió que me ayudaría a vengarme —dijo Cranium acercándose.

—¿Quién? —grité—. ¿Quién se lo prometió?

—¡Hable claro! —dijo Jackson—. Por favor...

—Esto no tomará mucho tiempo —dijo Cranium mirándome directamente a los ojos.

Podía sentir su mirada, sus ojos entrando en mi mente como un intenso rayo de luz blanca.

—¡No! —gemí.

Empujé a Jackson y los dos salimos corriendo. Me sentía mareada, pero había podido escapar de la poderosa mirada de Cranium.

Corrimos como locos por entre los altos árboles del Bosque Lobuno.

—¿De veras creen que pueden escapar? —gritó Cranium—. ¡Les llegó la hora de pagar!

Mi hermano y yo nos metimos por un sendero entre los árboles. El follaje era tan espeso que no se colaba ni un rayo de sol. Estaba tan oscuro como la noche.

Volteé a mirar. No podía ver a Cranium, pero podía oírlo.

Su respiración entrecortada delataba que nos estaba persiguiendo y que estaba cada vez más cerca.

Nos alejamos del sendero. Yo apartaba las altas hierbas del camino a medida que avanzábamos. De pronto, oímos nuevamente aullidos de lobo.

Jackson y yo volvimos a cambiar de dirección. Miré hacia atrás y vi al Inspector Cranium persiguiéndonos con la cabeza gacha. Corría inclinado hacia delante y con las manos metidas en los bolsillos de la bata.

Y de nuevo sentí el calor de sus ojos en mi nuca. Podía sentir su mirada quemándome la mente, penetrándola.

Salimos del bosque y nos encontramos en el mismo sitio donde estaba la cabina de Madame Perdición.

—Volvimos... ¡volvimos al lugar de donde partimos! —dije.

El Inspector Cranium llegó corriendo. Tenía la calva llena de gotas de sudor y respiraba entrecortadamente por la carrera.

—Basta ya —dijo fijando los ojos en mí y acercándoseme—. ¡Debo meterme en sus mentes! Esto no les dolerá mucho. En serio. Casi no les dolerá.

3

El Inspector Cranium me miró fijamente. Parecía un animal tras su presa.

Yo di un paso atrás, muerta de miedo.

—Jackson —dije—, está dentro de mi mente. Puedo sentirlo. Me hace cosquillas. Ay... me duele... las cosquillas... me duele.

—A mí también —susurró Jackson—. Toda la cabeza me cosquillea. Como en el laboratorio.

Quería correr, pero el Inspector Cranium me tenía en su poder.

Me volteé hacia Jackson y vi que tenía la mirada puesta en algo determinado. Se estaba concentrando.

—¿Jackson?

No se movió. No pestañeó.

Vi que la figura de Madame Perdición se elevaba y salía de la cabina. La pesada figura de madera flotaba lentamente... por encima de la cabina.

Se tambaleó hacia delante y hacia atrás y salió volando. Luego, descendió rápidamente y le cayó encima a Cranium. El Inspector se derrumbó en el pavimento.

No se oyó nada más.

¿Lo dejó inconsciente?

Jackson y yo no esperamos para averiguarlo. Mi hermano me agarró del brazo y salimos corriendo nuevamente.

La gente nos miraba. Un horror nos gritó que no corriéramos.

Pero no nos detuvimos ni un segundo.

De pronto, llegamos al Tobogán Maldito. La atracción se encontraba en un edificio morado y alto con una rampa en el centro.

Corrimos hasta la rampa y empezamos a subir.

Me agarré del riel de metal que tenía al lado y así pude subir más rápido.

Me latía el corazón y estaba empapada de sudor. A medida que subía, mis piernas se volvían más y más pesadas.

—Ayyy —me quejé al sentir unos pasos detrás de los nuestros.

También oí una respiración forzada. Alguien más subía deprisa.

¡Tenía que ser Cranium!

Sentía todo el cuerpo adolorido cuando llegamos a lo más alto de la rampa. Corrimos y llegamos a una terraza.

Frente a nosotros había una pared con diez aberturas como puertas. Eran oscuras, como las entradas de los túneles. Cada una conducía a un tobogán y cada una estaba numerada.

—Viene detrás —le dije a Jackson—. Cranium. Viene detrás de nosotros.

—Elige un tobogán —dijo Jackson, y se inclinó hacia delante tratando de recuperar el aliento—. Rápido.

Miré las entradas de los toboganes. Al final, vi a un horror gordo de piel amarilla sentado en un asiento plegadizo.

—Bienvenidos al Tobogán Maldito —dijo señalando las entradas—. Elijan uno.

Oí los pasos de Cranium muy cerca. Cada uno me estremecía.

—Nueve de los toboganes son normales —dijo el horror—. Uno es infinito. El descenso es para siempre... se deslizarán hasta la perdición.

¿Cuál? ¿Cuál?

Me concentré, tratando de leer la mente del horror. Pero no pude hacerlo.

¿Sería porque los horrores no son humanos?

Oí un grito, me volteé y vi a Cranium entrando en la terraza.

—Podrán alejarse de mí, pero no podrán escapar de La Amenaza —gritó.

No había tiempo para pensar.

—Vamos —dije tomando el brazo de Jackson y conduciéndolo hasta el Tobogán Número 4.

Me lancé por el túnel, hacia la oscuridad total.

Jackson me siguió.

Los dos descendíamos rápidamente.

El tobogán era empinado y tenía muchas curvas.

Una brisa cálida me daba en el pelo.

Traté de oír si Cranium nos perseguía, pero no oía nada por el ruido que hacíamos al deslizarnos por el tobogán.

Continuamos descendiendo...

—Esto no me gusta —gritó Jackson.

—Se tarda mucho —grité.

Tomamos otra curva y descendimos hacia una mayor oscuridad.

—Jillian —gritó Jackson—, ¡creo que elegimos el tobogán infinito!

4

Tenía ganas de gritar. Quería pedir ayuda a todo pulmón.

El tobogán volvió a hacer una curva cerrada. Tenía los brazos cruzados tan fuertemente que casi no podía respirar.

La brisa caliente me daba en la cara mientras descendía por la oscuridad.

Luego pestañeé cuando vi una luz brillante más adelante.

¿El sol?

Sí. El tobogán se niveló un poco y el descenso se hizo más lento. Más lento... más lento...

—Ay —dije, y de repente me detuve.

Estiré los pies y pisé el suelo.

—¡Cuidado! —dijo Jackson, y me cayó encima.

Nos paramos como pudimos. Volvíamos a estar en tierra firme. Pestañeé y esperé a que los ojos se me acostumbraran a la luz.

Me tomó un rato darme cuenta de que Jackson

y yo estábamos rodeados de horrores. Formaban un círculo a nuestro alrededor.

—¿Qué... qué quieren? —murmuré.

El corazón todavía me latía fuertemente por el descenso en la oscuridad y tenía la boca reseca.

—¿Jillian Gerard? —preguntó uno de los horrores—. ¿Jackson Gerard?

Mi hermano y yo asentimos.

—Vengan —dijo un horror.

—¿Adónde? —gritó Jackson—. ¿Por qué?

—No podemos dejarlos dar vueltas solos por ahí, ¿no? —dijo el horror, y sus ojos oscuros nos miraron con frialdad—. No sería seguro.

5

Los horrores se nos acercaron incluso más. Su pelaje despedía un olor agrio, como el del perro de mi amiga Marci, que siempre necesita un baño. Uno de los horrores escupió algo espantoso en el suelo.

—Vamos —gruñó, y puso sus garras sobre mis hombros para que empezáramos a andar.

Intenté resistirme, pero él era muy fuerte.

—¿Adónde nos llevan? —pregunté.

—Cálmate —dijo otro horror—. Los vamos a llevar donde sus amigos.

—¿Amigos? —dije mirándolo.

—Los otros invitados superespeciales —dijo, mientras se quitaba un insecto del pecho—. Todos están sanos y salvos con El Guardián.

Nos hicieron marchar por la plaza, que estaba llena, y la gente se detenía a vernos pasar. Seguramente se preguntaban por qué nos daban un trato preferencial a Jackson y a mí.

O quizás pensaban que habíamos hecho algo malo y que estábamos metidos en un problema.

—¿Quién es El Guardián? —pregunté—. ¿Por qué no habrían de estar sanos y salvos los otros invitados?

—A veces las cosas no son lo que parecen —murmuró un horror.

—Llegamos hoy —dijo Jackson—. No sabemos de qué están hablando, de veras.

—Ya casi estamos llegando —dijo un horror y señaló un edificio que tenía un letrero en la entrada que decía TEATRO EMBRUJADO.

—¿Nos llevan a ver un espectáculo? —pregunté. Nadie respondió.

Los horrores apuraron el paso. A Jackson y a mí no nos quedó más remedio que trotar para no quedarnos atrás.

Un anuncio en la fachada del teatro decía LA MAGIA DE MONDO.

—No entiendo nada —me susurró Jackson—. ¿Un espectáculo de magia?

Vi a dos chicos a un costado del teatro, un niño y una niña. Los dos tenían el pelo negro y lacio y los ojos azules. Nos miraron disimuladamente.

¿Por qué? No pude verlos sino un instante porque se escondieron rápidamente. Tuve un mal presentimiento y sospeché que algo andaba muy mal...

Los horrores nos condujeron a Jackson y a mí

a una tienda de regalos que estaba justo al lado del teatro. La tienda se llamaba TRUCOS Y REGALOS DEL SR. MONDO.

Entramos en la tienda y avanzamos por un pasillo estrecho. Era una tienda de magia. Los estantes estaban repletos de varitas, sombreros de copa y muchas otras cosas.

Nos llevaron hasta un salón en la parte de atrás.

—Por aquí —dijo un horror señalando una escalera—. Pisen con cuidado.

La escalera era angosta y empinada. Los zapatos repiqueteaban en los escalones metálicos y, a medida que bajábamos, se sentía más calor.

Bajamos un piso... dos pisos...

"Mantén la calma, Jillian —me dije—. No pierdas el control".

Pero habíamos bajado tres pisos, así que si necesitábamos ayuda, nadie nos encontraría.

¿Qué pensaban hacernos?

Al final de las escaleras abrieron una puerta y nos empujaron a Jackson y a mí dentro.

—El Guardián los está esperando —dijo un horror.

—¿El Guardián? —dije con voz temblorosa.

—No lo enojen —dijo otro horror—. Puede ser muy... severo.

Eso no me gustó.

Los horrores no entraron con nosotros. La puerta se cerró y Jackson y yo avanzamos hasta llegar a un salón muy bien iluminado. ¡Parecía un salón decorado por un chico de cinco años!

Había asientos y sofás tapizados de verde y anaranjado, un gran tapete de piel de cebra, empapelado amarillo con peces azules por todas partes, una mesa de lunares blancos y morados y patas que terminaban en garras, una lámpara de pie de rayas rojas y blancas, como los bastones de las barberías, y una araña de cristal inmensa colgando del techo.

¡Eran tantos los colores que molestaban a la vista! Me tomó unos segundos darme cuenta de que el salón estaba lleno de chicos. Todos eran de nuestra edad. Y parados enfrente de ellos había dos hombres vestidos con unos trajes de superhéroes rarísimos.

Uno de ellos tenía mallas azules y rojas, botas amarillas con plumas y una capa de piel de leopardo.

El otro era más grande y corpulento. Tenía unos bíceps enormes y un pecho musculoso. Estaba vestido de morado: mallas y camisa morada, capa morada y botas moradas. También tenía una máscara morada que dejaba entrever un rostro rojo como un tomate. Sostenía con las dos manos a un chico que pateaba y se esforzaba por soltarse, pero el superhéroe no cedía.

—¡Suéltame! —gritó el chico—. ¡Bájame!

Los dos superhéroes notaron nuestra presencia. Se nos quedaron mirando a través de las máscaras.

—¿Saben qué me REVIENTA el HÍGADO? —gritó el de morado—. ¡La carne fresca!

El tipo del disfraz multicolor echó la cabeza hacia atrás y se rió como una hiena. Cuando terminó de reír, empezó a cantar: "Carne fresca. Carne fresca. Carne fresca. ¿Qué rima con carne fresca? ¿Hora de la pesca? Jajajajaja".

El superhéroe morado soltó al chico, que se golpeó contra el suelo. Luego avanzó con pasos largos hacia nosotros.

—¿Vinieron a ver lo que la Furia Morada puede hacer cuando está FURIOSO? —gritó—. Así me gusta. ¡Justo a tiempo!

Miré al otro lado del salón y leí a toda velocidad la mente de los chicos.

"Esto es real —pensé—. No es un chiste. Estos chicos están realmente asustados".

¿Quiénes eran esos dos superhéroes con pinta de locos? ¿Y por qué estábamos encerrados con ellos en ese salón?

—¿Sabes que me RETUERCE las TRIPAS? —bufó el que se hacía llamar Furia Morada, señalando a mi hermano—. ¡TÚ!

Abrió la boca como un animal feroz a punto de rugir:

—¡Oye mi FURIAAAA! —gritó—. ¡YAA-AAAIIIIIII!

Entonces se abalanzó sobre Jackson alzando las manos como si fuera a estrangularlo.

Los otros chicos gritaron espantados.

Jackson actuó velozmente. Miró al techo y, antes de que la Furia Morada lo alcanzara, hizo que la araña de cristal cayera sobre su cabeza. La Furia soltó un grito y se desplomó en el suelo.

Estaba cubierto de vidrios.

Todos se alejaron.

La Furia comenzó a quitarse los vidrios de encima y gruñó. Lentamente, muy lentamente, se puso de pie. Tenía vidrios en la cara y metidos dentro del disfraz.

—¡Eso RESECA mi ALBÓNDIGA! —gritó a todo pulmón. Luego apretó los puños, mostró los dientes, miró con ojos desorbitados y gesticuló con furia—. ¡Eso HIERVE mis MARGARITAS! ¡Eso CALIENTA mis SESOS! —dijo, y empezó a darse puñetazos en el pecho.

De pronto, soltó un rugido animal ensordecedor y EXPLOTÓ.

Su cuerpo estalló en mil pedazos.

Me agaché y me cubrí para que no me salpicaran.

Los chicos hicieron lo mismo.

Cuando volví a mirar, el salón estaba lleno de charcos morados y rojos.

Todos estábamos atónitos. Nadie decía nada. Nadie se movía.

El otro superhéroe dio un paso adelante. Echó hacia atrás su capa de piel de leopardo y sonrió malévolamente.

—¡Es mi turno! ¿Olvidaron que yo estaba aquí? —gritó—. Esa piltrafa morada tenía las horas contadas. ¡Más vale que alguien lo trapee y lo saque de aquí! Detesto a los invitados sucios, ¿ustedes no? Ja, ja, ja.

Nadie más se rió. Miré los charcos de lo que había sido la Furia Morada.

—¿Olvidaron que yo, el Dr. Maníaco, soy El Guardián? —dijo el superhéroe al tiempo que miraba a los chicos uno por uno—. ¡Todavía deben lidiar conmigo!

—¡Estás loco! —gritó una chica.

—¡No estoy loco! —aulló el superhéroe—. ¡Soy MANÍACO!

—Esto no está pasando de verdad, ¿o sí? —le pregunté a Jackson.

—¡Tal vez esto los calme un poco! —dijo el Dr. Maníaco—. Si no pueden aguantar el CALOR, ¡no se metan en el HORNO! ¡Jajajajaja!

Encendió un interruptor que había en una pared.

Oímos el ruido de un motor.

Todos estábamos callados, esperando... esperando.

De repente, algunos chicos empezaron a gritar.

Al principio, no sentí nada. Luego el calor me comenzó a subir por los pies.

Del suelo se alzaban olas de calor. Respiré hondo y sentí que se me quemaba la nariz.

El calor rebotaba en las paredes.

—¡Ay! —grité, sintiendo que mis zapatos se pegaban al suelo y que el calor me envolvía.

Unos chicos daban saltitos, llorando y pidiéndole al Dr. Maníaco que apagara el calor. El suelo se había convertido en un fogón.

El sudor me chorreaba por la cara y la espalda, y tenía la ropa pegada a la piel.

La cara de Jackson estaba roja y brillaba. Jadeaba, esforzándose por respirar.

Otros chicos se subieron a los asientos y los sofás para escapar del suelo que les quemaba los pies. El aire se hizo aún más caliente, tan caliente que me empezaron a arder los ojos.

—¡Apágalo! ¡Apágalo! —gritó una chica.

—¡No puedo respirar!

—Me quemo... me quemo...

El Dr. Maníaco mantuvo su mano en el interruptor, sin dejar de sonreír.

—¿Alguien quiere bronceador? —dijo con una risa malévola.

—Por favor... no... puedo respirar —dijo un chico.

—¡Ay! ¡Me quema! ¡Me QUEMA!

—¡Apágalo! ¡Por favor, apágalo!

De pronto, oí lo que pensaba el chico que estaba a mi lado. Tenía la camisa empapada y un mechón de pelo negro pegado a la frente, pero no se movía ni se quejaba del calor.

Estudié su mente. Se llamaba Robby Schwartz. Luego empecé a percibir los nombres de los otros chicos.

Robby observaba al Dr. Maníaco con mucha concentración.

"Yo creé al Dr. Maníaco —pensaba Robby—. Él es un personaje de una tira cómica creada por mí. Yo lo inventé. Yo lo conozco mejor que nadie. ¿Cómo puedo destruirlo? ¿Cómo?"

—¡Ya sé que a todos ustedes les gusta refrescarse! —retumbó el Dr. Maníaco, y encendió otro interruptor—. ¿Cuán frescos quieren estar?

Las oleadas de calor desaparecieron. Exhalé aliviada. Me sequé la frente con la mano.

El salón se enfrió. Nos sentimos mejor... más cómodos.

Pero la sensación no duró mucho.

—¡La temperatura está bajando! —dijo un

chico llamado Billy mientras cruzaba los brazos, tiritando.

Respiré y vi que salía humo de mi boca. Un escalofrío me recorrió el cuerpo.

Todavía estábamos empapados de sudor, pero el aire frío comenzaba a congelarnos.

Empecé a temblar. La piel me dolía y mis dientes no paraban de castañear.

—¡Ojo, todos! —gritó el Dr. Maníaco—. ¡No vayan a pescar la MUERTE! ¡Jajaja!

A mi lado, Robby Schwartz seguía observando al superhéroe. Empezó a tiritar. Sus brazos temblaban.

—¡Ayúdenme! —gritó Robby—. ¡Ayúdenme! ¡Ayúdenme!

Su voz era chillona. Temblaba de pies a cabeza.

—¡Ayúdenme, por favor! —rogó—. No puedo... ¡no puedo soportarlo! ¡No aguanto el frío!

Robby se tambaleó, puso los ojos en blanco, abrió la boca y cayó al suelo.

No se movía.

Algunos chicos gritaron.

Yo me agaché y me acerqué a él. Lo volteé para que estuviera bocarriba.

El salón volvió a quedar en silencio.

Toqué las mejillas frías de Robby, alcé su cabeza suavemente y volví a apoyarla en el suelo.

Entonces, alcé la mirada hacia el Dr. Maníaco.

—¡Lo MATASTE! —le grité llena de ira—. ¡Está MUERTO! ¡Robby está MUERTO!

Los chicos contuvieron el aliento. Algunos se cubrieron la cara y se voltearon.

Me paré lentamente sin quitarle los ojos de encima al Dr. Maníaco.

—¡Asesino! —grité—. ¡Lo mataste!

La sonrisa del Dr. Maníaco desapareció. Sus ojos se abrieron detrás de su visera anaranjada y se tapó la boca con la mano.

—¡No! —gritó—. ¡No!

Hubo un segundo de silencio.

—¡Asesino! —grité señalando al superhéroe.

—¡No! ¡Nadie puede morir! —chilló el Dr. Maníaco—. ¡Soy El Guardián! ¡Tengo que *mantenerlos* aquí! ¡Nadie puede morir!

Avanzó un paso y luego se detuvo.

—¿De verdad está muerto? ¿De verdad?

Asentí.

—¡Estoy perdido! —lloriqueó el Dr. Maníaco—. ¡Perdido! ¡La Amenaza me MATARÁ!

"¿La Amenaza? —pensé—. Es la segunda vez que oigo ese nombre. ¿Quién es?"

Leí la mente de los otros chicos. Tampoco lo sabían. Nunca habían oído hablar de La Amenaza.

—¡Estoy perdido! ¡Estoy FRITO! ¡No soy más que carne frita! —gritó el Dr. Maníaco—. ¡No! ¡Este no puede ser mi fin! ¡Siempre me dije que tendría un FINAL FELIZ! ¡No! ¡No puedo *pasar* por esto!

Empezó a chillar y aullar como un sabueso.

Luego, estiró los brazos hacia adelante, como si quisiera volar, y corrió hacia nosotros. Siguió de largo, por encima de Robby, y salió del salón seguido de su capa de piel de leopardo.

Unos segundos más tarde, oí una puerta que se cerraba y sus pasos subiendo la escalera.

Nadie se movió.

—Se fue —dijo una chica llamada Carly Beth—. Nos dejó aquí.

—¿De veras se fue? —dijo Robby levantando la cabeza del suelo.

Los chicos gritaron.

Robby se paró rápidamente y los observó. Luego se sacudió la ropa.

Los chicos gritaron de alegría y algunos abrazaron a Robby.

—¡Estás vivo! ¡Estás bien!

—¿Cómo lo supiste? —me preguntó Robby—. ¿Cómo adivinaste mi plan para asustar al Dr. Maníaco?

—No lo adiviné —dije—. Puedo leer la mente. Leí tu mente y sabía que ibas a *fingir* que te morías para que el Dr. Maníaco enloqueciera.

—¿Puedes leer la mente? —dijo Robby—. ¡Eso es fabuloso!

—Y yo puedo mover cosas con la mente —dijo Jackson—. Tal vez pueda quitarle el seguro a la puerta para largarnos de aquí.

Todos fuimos hasta la puerta.

Jackson puso la mano en el pomo de la puerta, le dio una vuelta y se volteó a mirarnos.

—¡No lo puedo creer! —dijo.

—No tenía seguro —dijo Jackson abriendo la puerta completamente.

—El Dr. Maníaco estaba tan asustado que olvidó cerrarla —se burló Robby.

—¡Vamos! —dijo Carly Beth.

—Un momento —dije—. ¿Adónde vamos? ¿Por qué estaban encerrados aquí con ese loco? No entiendo nada.

—Todos somos invitados superespeciales —dijo Matt Daniels acercándose a mí—. Y tenemos que irnos de HorrorLandia. Nos trajeron acá por una razón, pero no sabemos cuál es. Solo sabemos que hay muchos personajes malos que quieren hacernos daño.

—Queremos ir a otro parque —dijo una chica llamada Julie—. Se llama el Parque del Pánico. Tres de nuestros amigos ya están allí.

—Allí estaremos a salvo —dijo Matt—. Los horrores de este parque son malvados. Todos quieren atraparnos. Debemos escapar de HorrorLandia y llegar al Parque del Pánico.

—¿Cómo? —pregunté—. ¿Y por dónde hay que ir?

—Síganme —dijo Matt, y salió por la puerta—. Tengo un plan. Debemos volver al hotel.

Subimos por las escaleras metálicas, atravesamos la tienda de magia y salimos al aire libre.

El Hotel Inestable estaba al otro lado de la Plaza de los Zombis. Nos parecía demasiado lejos.

Todos teníamos miedo de caminar. Avanzamos en fila, pero bajo los toldos de las tiendas. Cuando aparecía un horror, intentábamos mezclarnos con la muchedumbre para que no nos viera.

Estábamos pasando frente a una tienda de máscaras cuando volví a ver a los dos niños que nos miraron disimuladamente a mi hermano y mí cerca del Teatro Embrujado. Eran altos, delgados y pálidos. Nos observaban atentamente desde detrás de un pequeño muro de ladrillo.

Me recorrió un escalofrío. ¿Quiénes eran? ¿Serían espías de los horrores?

Llegamos al hotel y entramos por la puerta de atrás. Matt nos guió por el largo corredor.

—¿Cuál es tu plan? —le pregunté.

Doblamos una esquina, pero él no se detuvo.

—Debemos encontrar un espejo —dijo—. ¿Te

has dado cuenta de que en HorrorLandia no hay espejos? Es porque los espejos son la manera de escapar. Podemos viajar a través de un espejo hasta el Parque del Pánico.

—No entiendo —dije confundida.

—Dos invitadas superespeciales, Britney y Molly, desaparecieron de esa forma —me explicó—. Estaban sentadas en el café del hotel, se metieron en un espejo y terminaron en el otro parque.

—Pero hemos buscado ese café y no hemos podido dar con él —dijo Carly Beth—. ¿Por qué crees que lo vamos a encontrar ahora?

Matt sacó una tarjeta gris del bolsillo de sus jeans.

—Esta es la llave de la habitación que me dio Byron —dijo, y se volteó hacia mí—. Byron es el único horror que está de nuestro lado. Ha tratado de ayudarnos para que podamos ir al Parque del Pánico.

—¿Vas a usar la tarjeta? —preguntó Carly Beth—. ¿Cómo?

—No estoy seguro —dijo Matt—. Tal vez la alce enfrente de la pared o algo así. Nos ha abierto muchas puertas. Nos permitió entrar antes en el café. Tal vez ahora nos ayude a encontrarlo.

—Creo que estamos perdiendo el tiempo —dijo Carly Beth negando con la cabeza—. El café desapareció. Mira —añadió, y golpeó la pared con la mano—. Es sólida. No hay nada detrás.

—Es nuestra única opción —dijo Matt, y alzó la tarjeta enfrente de la pared. Luego la deslizó por el empapelado—. Vamos, pared, ¡muévete! ¡Vamos, por favor, ábrete!

10

No pasó nada.

Matt empezó a caminar de un lado a otro, deslizando la tarjeta por la pared.

—Vamos, tarjeta. Haz tu magia. ¡Abre la pared!

Nada.

—Y sé que el café estaba justo aquí —se quejó—. ¿Cómo pudo haber desaparecido así nomás?

Volvió a intentarlo, deslizando la tarjeta por el empapelado.

Jackson se abrió paso entre los chicos.

—Déjame intentarlo —le dijo a Matt, y se concentró en la pared.

—¿Qué está haciendo? —preguntó Robby—. ¿Por qué la está mirando así?

Abrí la boca para contestarle, pero en ese momento se escuchó un crujido. Salté hacia atrás al ver una grieta en la pared.

La grieta se hizo más y más ancha y la pared empezó a abrirse. Jackson mantuvo la concentración hasta que la pared se abrió como si fuera una puerta corrediza.

—¡Está funcionando! —grité.

De pronto, apareció una ventana, y a través de ella pude ver un restaurante muy bien iluminado, con mesas cubiertas con manteles a cuadros azules y blancos.

Detrás de las dos filas de mesas, la pared estaba cubierta por un espejo.

La pared se abrió más y vimos una puerta de vidrio.

—¡Bravo! —gritó Matt, y chocó la mano con la de Jackson—. ¡Eres un genio!

Matt metió la tarjeta en la ranura que estaba al lado de la puerta, abriéndola de par en par. Entramos. Y no vimos a nadie.

Parecía ser una heladería. Había cubos de helado en un congelador cerca de la entrada. Un letrero que estaba detrás del mostrador decía ¡550 SABORES ENFERMIZOS! ¡PRUÉBALOS TODOS!

Matt nos guió hasta el espejo que estaba en la pared. Extendió la mano y esta desapareció en el espejo.

—¡El vidrio es líquido! —gritó—. ¡Vamos! ¡Salgamos de aquí!

—Cuidado —advirtió Carly Beth—. Uno a la vez. Hagan cola. Así, uno a la vez.

Dijo los nombres de los chicos a medida que entraban en el espejo...

—Billy... Sheena... Boone... Sabrina... Abby...

—Esto es muy extraño —me dijo Jackson—. ¡Se fueron! ¡Se metieron en el espejo!

Antes de que pudiera contestarle, una voz iracunda sonó a nuestras espaldas.

—¿Están *locos*? ¿Qué creen que están haciendo?

Me volteé y vi a dos agentes de la Policía Monstruosa vestidos de uniforme negro y anaranjado que entraban en el café. Corrieron hacia nosotros.

—¿Qué están haciendo? —dijo uno de ellos.

—Escapando —dijo Jackson, y miró hacia donde estaban los helados.

La puerta del congelador se abrió y los cubos de helado flotaron en el aire. Luego fueron a parar sobre los agentes, que gimieron del dolor y cayeron al suelo. Sus garrotes salieron volando.

Entonces, los seis que quedábamos nos metimos en el espejo todos a la vez.

11

—¡AYYYYY!

Grité al golpearme la cabeza con el espejo.

A mi lado, los otros chicos gritaban sorprendidos y adoloridos.

Golpeé el espejo con ambos puños. El vidrio era duro. No había manera de escapar.

Todos nos frotábamos la frente. Robby se tocó la nariz, que sangraba. Los otros chicos empujaron el espejo, pero no sirvió de nada.

Cinco chicos lograron pasar. Seis quedamos fuera.

Y ahora el café empezaba a desaparecer. Los cuadros azules y blancos de los manteles comenzaron a cambiar hasta convertirse en grises. Las luces comenzaron a apagarse.

Nosotros seguíamos mareados y confundidos, parados en el pasillo, mirando la pared.

Oí pasos que se acercaban. Y por una esquina llegaron otros cuatro miembros de la Policía Monstruosa con garrotes en la mano.

—¡Corran! —gritó Carly Beth.

—¿Adónde? —gritó Julie.

Nos volteamos y corrimos por el largo pasillo.

—Al lago —dijo Matt—. ¡Podemos irnos de este parque *nadando*!

—¡PAREN! —gritó un agente—. ¡Paren! ¡Solo queremos hablar con ustedes!

—¿Entonces por qué tienen esos garrotes? —preguntó Carly Beth.

Dimos vuelta a una esquina y salimos a otro corredor. Los agentes de la Policía Monstruosa nos seguían los pasos. Salimos por una puerta hacia un parque lleno de gente. Zigzagueamos por entre chicos y padres tratando de perdernos entre la muchedumbre.

Jackson y yo no sabíamos dónde estaba el lago. Seguíamos a los otros. Yo no paraba de mirar hacia atrás. No veía a nuestros perseguidores, pero sabía que estaban cerca.

Cuando por fin llegamos al lago redondo y azul, el pecho me retumbaba como un tambor. No había nadie en el agua, pero vi unas canoas amarradas a un pequeño muelle.

—A las canoas —dijo Matt casi sin aliento.

Nos subimos a las canoas que se mecían en el agua. Dos en cada una. Jackson sujetó la canoa mientras yo me sentaba. Luego soltó la cuerda y saltó a mi lado.

Empecé a remar a toda velocidad.

Robby y Julia remaban a nuestro lado. Matt y Carly Beth estaban en la tercera canoa. Matt nos hacía señas de que remáramos con fuerza. Él y Carly Beth iban en punta.

"Lo estamos logrando —me dije—. Estamos escapando. ¿Pero saldremos realmente del parque por este lago?"

Había aprendido a remar durante un largo paseo en canoa que hicimos en el campamento de verano el año anterior. Pero nunca había tenido que remar tan rápido. Me incliné hacia adelante y me esforcé lo más que pude.

Grité cuando sentí un crujido. Jackson también gritó.

Y entonces sentí que el agua fría me llegaba a las piernas.

—¡El fondo! —grité—. ¡La canoa se quedó sin fondo!

No me dio tiempo para agarrarme a nada. Caí al agua fría. Me hundí, pero alcé los brazos y pude volver a salir a la superficie.

Escupí, nadé en el lugar y me quité el agua de los ojos.

—¿Jackson?

Estaba nadando a mi lado. Los seis chicos estábamos en el agua, tratando de averiguar lo que había pasado.

—¡Me equivoqué! —gritó Matt—. Esas canoas son de la atracción El Paseo en Canoa sin Fondo.

—¿Y ahora es que te acuerdas? —gritó Robby.
Todos nos reímos nerviosos.

Nadamos en círculo, sin saber cuánto habíamos avanzado. No mucho, así que no había alternativa. Debíamos volver al muelle desde donde partimos.

Llegué a la orilla empapada y temblando. Me volteé y ayudé a Julie a salir del lago.

Todos estábamos tiritando y tratando de secarnos.

—¿Y ahora qué? —preguntó Robby—. No podemos quedarnos aquí.

Oí voces. Me volteé y vi a un niño y una niña acercándose a toda carrera. Los reconocí inmediatamente. Eran los dos niños que nos habían estado mirando cuando entramos al teatro.

—¡Ustedes nos han estado siguiendo! —grité—. ¿No es cierto?

—Sí, es verdad —dijo la niña.

—¿Quiénes son ustedes? —pregunté—. ¿Por qué nos espían? ¿Por qué trabajan para los horrores?

—¿Qué? —dijo el niño sorprendido—. ¿Nosotros? ¿Trabajando para los horrores?

—No —dijo la niña—. Me llamo Lizzy Morris y este es mi hermano, Luke. Él y yo hemos estado en HorrorLandia antes. Sabemos que ustedes corren peligro.

—Sabemos que están tratando de escapar

—dijo el niño—. Pero creemos que se equivocan. Pensamos que deben quedarse en HorrorLandia.

Todos nos enfadamos.

—¡Están locos!

—¡Ustedes sí están trabajando para los horrores!

—¡Por nada del mundo me quedaré aquí!

—No trabajamos para los horrores, queremos ayudarlos —dijo Lizzy—. De verdad pensamos que estarán más seguros en HorrorLandia.

Carly Beth los miró con desconfianza y luego me miró a mí.

—¿Jillian, puedes leerle la mente a Lizzy? ¿Está diciendo la verdad?

Miré a Lizzy a los ojos y me concentré.

—No —dije—. Está mintiendo.

Los ojos azules de Lizzy se abrieron desmesuradamente.

—No lo niegues —dije—. ¡Estás mintiendo!

Ella y su hermano retrocedieron.

Pero nosotros los rodeamos en un instante.

—¿Por qué han venido *aquí*? —les dijo Matt—. ¡Dígannos! ¡Dígannos! ¿Qué nos quieren hacer?

Continuará en...

NO. 11 ESCAPE DE HORRORLANDIA

ARCHIVO

DEL

MIEDO

No. 10

DEBES HACERLES LLEGAR UN MENSAJE A LOS MELLIZOS. MIRA LAS PISTAS, RELLENA LAS PALABRAS QUE FALTAN Y LUEGO ESCRIBE CADA UNA DE LAS LETRAS QUE LLEVAN NÚMERO EN SU CAJA CORRESPONDIENTE.

1. LA HABITACIÓN DE BRITNEY ESTÁ EN EL PISO $\underset{1}{\_}\,\underset{2}{\_}\,\_\,\_\,\_$

2. MATT LE DA A BILLY UNA $\_\,\underset{3}{\_}\,\_\,\underset{4}{\_}\,\_\,\_\,\_\,\_$ $\_\,\_\,\_\,\_\,\underset{5}{\_}\,\_\,\underset{6}{\_}$

3. BYRON USA UN $\_\,\_\,\_\,\_\,\underset{7}{\_}\,\underset{8}{\_}$ PARA DESAPARECER LA SANGRE DE MONSTRUO.

4. MOLLY Y SU AMIGA MONTAN EN EL $\_\,\underset{9}{\_}\,\_\,\_\,\underset{10}{\_}\,\_\,\_\,\_$ $\_\,\_\,\_\,\_\,\_\,.$

5. LA FICHA $\_\,\underset{11}{\_}\,\_\,\_\,\_\,\_$ HACE QUE ROBBY SE SIENTA RARO.

6. LA MONEDA ESPECIAL DE $\underset{12}{\_}\,\_\,\_\,\_$ TIENE GRABADA UNA PIRÁMIDE.

7. MICHAEL DESCUBRE EL $\_\,\_\,\underset{13}{\_}\,\_$ DE LUKE Y LIZZY.

8. LA PISTA DE JULIE CONFIRMA QUE EL CAFÉ ESTÁ EN EL $\_\,\underset{14}{\_}\,\underset{15}{\_}\,\_\,\_\,\_$ $\_\,\_\,\underset{16}{\_}\,\_\,\_\,\_\,\_\,\underset{17}{\_}\,\_\,.$

9. BOONE DESCUBRE QUE LOS HORRORES LES $\underset{18}{\_}\,\underset{19}{\_}\,\_\,\_\,\_$ A LAS SERPIENTES.

10. MADAME $\_\,\_\,\_\,\_\,\_\,\_\,\_\,\_\,\underset{20}{\_}$ ES UNA FIGURA DE MADERA.

LLÉVALES ESTE MENSAJE A LOS MELLIZOS:

13	4	8		17	11	20		16	3		6	10	12	2	5	14		18	9	15	7	19	1	9

¡CUIDADO!
¡UN INTRUSO!

Hay un espía en HorrorLandia. Si sospechas que alguien es un espía, hazle estas preguntas. Si contesta mal, llévalo inmediatamente donde El Guardián.

Un espejo debe:
    A. Limpiarse
    B. Ser observado
    C. Ser destruido
    D. Guardarse para ocasiones especiales

El horror conocido como Byron debe:
    A. Ser tratado con respeto
    B. Considerarse sospechoso
    C. Ser observado, posee información secreta
    D. Ser recompensado por su esfuerzo

Una visita al Parque del Pánico es:
    A. Un regalo fabuloso
    B. Un acontecimiento siniestro
    C. Solo para invitados superespeciales
    D. Imposible porque ese parque no existe

DOCUMENTO ULTRASECRETO

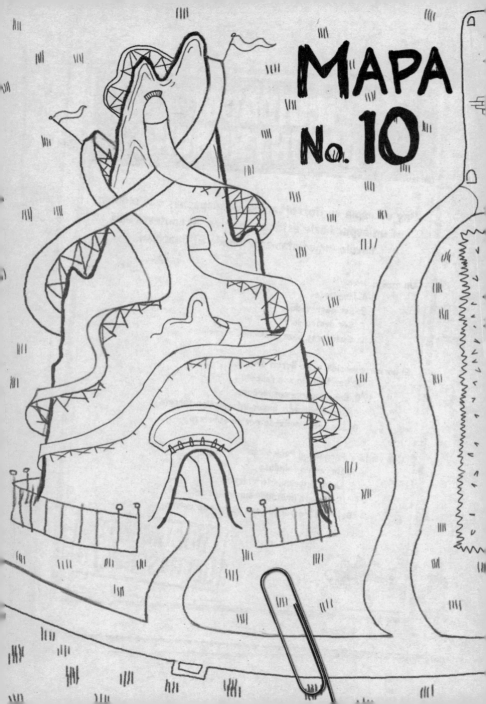

MAPA
No. 10